On ne peut pas en sortir, la vie, c'est la survie.

大方
sight

[法]玛格丽特·杜拉斯 著
黄荭 译

外面的世界 Ⅱ

Le Monde extérieur

Outside Ⅱ

Marguerite Duras

中信出版集团|北京

图书在版编目（CIP）数据

外面的世界 . II /（法）玛格丽特·杜拉斯著；黄荭译 . —北京：中信出版社，2023.3
ISBN 978-7-5217-5054-6

I.①外⋯ II.①玛⋯ ②黄⋯ III.①杂文集—法国—现代 IV.① I565.65

中国版本图书馆 CIP 数据核字（2022）第 237010 号

Le Monde extérieur. Outside II by Marguerite Duras
Textes rassemblés par Christiane Blot-Labarrère
Copyright © P. O. L éditeur, 1993
Simplified Chinese edition arranged through Dakai – L'agence
Simplified Chinese translation copyright © 2023 by CITIC Press Corporation
ALL RIGHTS RESERVED
本书仅限中国大陆地区发行销售

外面的世界 II
著者：　　　[法]玛格丽特·杜拉斯
译者：　　　黄荭
出版发行：　中信出版集团股份有限公司
　　　　　　（北京市朝阳区东三环北路 27 号嘉铭中心　邮编　100020）
承印者：　　河北鹏润印刷有限公司

开本：720mm×1000mm 1/32　　印张：11.75　　字数：149 千字
版次：2023 年 3 月第 1 版　　　　印次：2023 年 3 月第 1 次印刷
京权图字：01-2022-6032　　　　　书号：ISBN 978-7-5217-5054-6
定价：58.00 元

版权所有·侵权必究
如有印刷、装订问题，本公司负责调换。
服务热线：400-600-8099
投稿邮箱：author@citicpub.com

目 录

序   1

白岩   3
重温   5
大西洋的"黑"   12
帕斯卡尔   18
福楼拜是……   20
给拉西中心的信   37
眼中的杀机   40
拉尔夫·吉布森   43
凡尔赛宫的巴拉丁公主，皇族的写照   48
对法兰西的某种想法   60

圣特洛贝的特洛贝先生	63
让-玛丽·达莱	76
巴士底狱的裸体男子	79
雅尼娜·尼埃普斯	82
历史上的狗	88
右翼,死亡	94
寒冷,如腊月	97
我	107
关于里根	110
写给所有的时代,写给所有的封斋节	113
真实的缺失	118
我不相信光荣一词……	135
毒品	140
明天,人类	143
胡言乱语	152
威尼斯	170
韦瑟伦城堡	174
永远的卡拉斯	184
布瓦提里城堡	188

翻译	195
我所做过的最浩大的阅读之一	198
读在火车	203
曼哈顿布鲁斯	217
医院寂静	219
为创作的新经济	221
神似	234
芭芭拉·莫里纳尔	240
喧嚣与寂静	246
罗杰·迪亚芒蒂,电影之王	254
还是褒曼,总是褒曼、褒曼	260
《扒手》	267
年轻的塞尔日和他的黑毡帽	271
给克罗斯特先生的信	273
给史密斯先生的信	277
我过去常想……	281
母亲们	294
我母亲有……	300
情人们	315

就像一场婚礼弥撒	320
给让·威斯丁的答复	326
巴黎,1992 年 1 月 26 日	336
特鲁维尔,1992 年 10 月 2 日	341
她写了我	345
我不怕……	348
附录:杜拉斯生平和创作年表	349
代译后记:从异地到他乡——杜拉斯印象	357

序

《外面的世界Ⅱ》，书名本身就不言而喻。和《外面的世界Ⅰ》一样，它收录了玛格丽特·杜拉斯1962—1993年间写的报刊文章、序言、书信、随笔，有的已经发表过了，有的从来没有刊行过。有的文章源于政治或社会事件，出于义愤；有的是因为一部心爱的电影，一帧帧看了良久的画作，一次相逢，一夜寂寞。这些文字，这些作品集中遗漏的短章，是玛格丽特·杜拉斯为身外的世界写的，它们构成了她的作品集的一个补充。

这些托付于我，还有我自己重新找出来的文章看似散乱，其实蕴涵着一种延续。这种延续并不限于时间的先后顺序。它来自主题本身。主题间或许未必真的存在着某种联系，然而它们相互交错，相互回应。

全书所要展现的主题或许就是对法兰西的某种想法罢。《凡尔赛宫的巴拉丁公主,皇族的写照》眼中的法兰西,《圣特洛贝的特洛贝先生》眼中的法兰西,1968年5月,80年代,穿越历史喧嚣事件的法兰西,雅尼娜·尼埃普斯和拉尔夫·吉布森摄影作品中的法兰西,像圣洛朗或布列松那样的创造者眼中的法兰西。这是一个被展示更多于被讲述的法兰西,这是一个对所有的风都敞开的民族。

在其他的一些章节里,玛格丽特·杜拉斯把自己摆在自我世界和与她的生活对应发生的外界大事的半途。在此,我们隐约窥到童年回忆中常常出现的风景。我们在那里再次看到了大海和死亡、兄弟和河流、母亲和爱情。在这里,我们得以踏上从《阿嘉塔》到《大西洋人》到《埃米莉·L.》的道路。在这里,我们可以听到作家不停地躲开他人探问,却在暗地里做出的回答。心灵深处的点点滴滴都围绕着中心,时而在前,时而在后,相和相酬。

由此,《外面的世界II》,是内在包裹了外在,就像旋律包容了歌词,此书的脉络不拘泥于边边界界,写作的风格赋予它勃勃生气。

C. B.-L.[1]

---

[1] 即克里斯蒂安娜·布洛-拉巴雷尔。(本书脚注如无特殊说明均为译者注。)

Le Monde extérieur : Outside II
外面的世界 II

白　岩

　　白色岩石,齐着海面。当船驶来,涌起的浪便没过了岩石;而当船行去,浪也随之退却。阳光强强弱弱,波涛起起伏伏,岩石也因之冷冷热热。四周是深深的海水。岩石原本是从大山上滚下来的,它下落的猛劲儿把海底砸了个坑,它陷下去,直到海底的山脊抗住了它的重量。它兴许还想继续探索,但未知的门关上了,触不到下面的地火——那翻滚的岩浆了。人们来到此地,为的是探一探岩石四周那茫茫的海水,随波徜徉一番;也可以睡在石上,自有海水来做盖被,你沉浸在这份虚空之中,直到身子凉透,任虚空萦绕在四周,直到岁月的尽头。人们来此还为了和它肌肤相亲,一同在酷日下受着煎熬;耳朵贴在石上聆听那远古无声的海涛，那份寂静。它所拥有的只是沧海一粟，要生成矿物质、无法触摸的一粟。它的确是锋芒尽逝，风风浪浪磨光了它的棱角，它如今柔和、疲惫，连痛苦都麻木了。

记《萨瓦纳湾》[1]，1982 年

1　杜拉斯写于 1982 年的一个剧本。

重　温

　　我的童年和我的兄长[1]一同逝去了。他死了，我的童年也倏地被剥夺了去。我到了这样的年纪，谁也记不起这个冠以我姓名的小女孩了。他去世时，我也想一了百了，因为我的童年堕入了暗夜，而他是它唯一的占有者，他携它一道去了死地。哪种激情都无法替代乱伦的情欲。和其他人是犯不上乱伦的，因为乱伦是一种双重的给予，一重是爱，一重是记忆。对童年无边无际的记忆形成了爱。孩提时人们不知道彼此爱着，并将相爱下去，对这种无意识的揭示就是爱情。

　　我的童年是在印度支那的海边度过的，那时

---

[1]　杜拉斯有两个哥哥，皮埃尔和保罗，此处指的是小哥哥保罗。

我和哥哥住在太平洋边，先是在柬埔寨，随后又是交趾支那。总是河流，rac[1]，河流和河流尽头的大海，哥哥老想着去海上，而我最初的恐惧则是怕他溺水。小哥哥在森林里捕杀牝鹿、猴子、鸟儿，我总是竭力阻止他杀生，但到头来，我每每又向着他，顾不得那些动物的死活了。

有人问我为什么选择布勒·欧吉[2]来拍摄《阿嘉塔》[3]，而她一言不发，始终沉默。我想这是为了让她得以远离她自己的话语，人们看到的是她，而她的声音为我所用、由我控制。让演员们明白这点可要花些心思，让他们把自己和饰演的角色分开，即把角色和演员这个行当分开。我想正是为了这个，布勒·欧吉在《阿嘉塔》中缄口不语。

有时我觉得是阿嘉塔编造了一切：兄长、兄

1　越南语，河流的意思。
2　布勒·欧吉（Bulle Ogier, 1939— ）：法国女演员。在杜拉斯多部电影中扮演角色。
3　作者写于1981年的小说，同年拍成电影。

长之爱、世界、一切。我想是她意识到了乱伦，不是哥哥，他不会去做，也意识不到这点。这就是小女孩阿嘉塔无与伦比的力量，是她意识到了两兄妹在彼此相爱。在这最后的爱的荫庇下，阿嘉塔和哥哥受着折磨，而我则称之为幸福。

我现在觉得人类最主要的问题，即阶级问题是无法解决的，而谁都知道这个问题又是唯一需要铭记在心的。

我认为应该要孩子。不要孩子是不可能的，这就跟至多只了解了半个世界一样令人遗憾。

我以为电影《阿嘉塔》比书更有可读性，这种事还是头一回发生。如果有人让我挑选，看书还是看电影，我会选择去看电影《阿嘉塔》的。

目前我还不想写作，不想拍片，这就是说不久的将来我会写作，会拍片的。

谈及欲望，我能说的就是不幸，欲望总是和婚姻或某种爱维系在一起，于是它只能是唯一的和无法再生的，这便是世界的不幸。欲望本身就有它致命的缺憾。

我总是制定一堆方案,而到了拍摄的头一天我又全不拿它当一回事了。我拍任何电影都不会拘泥于原先的设想。拍摄过程中我最喜欢的一刻莫过于看到技术人员在镜头拍完后开心的样子,这份幸福是共有的。

黑岩旅馆[1]的大厅是岩洞的模样,和海毗连,面向浩瀚。

当我指导演员的时候总扯着个大嗓门,因为我只拍一次,所以得一举成功,得确立俗套的秩序。即使我有十亿法郎,我也只拍一次,因为没有拍两次的必要。第一次拍摄才是举足轻重的,第二次就是一种重复,就已经陈旧过时了。

对我做的事情一无所知的人与那些误解它的人,我想我更喜欢前者。

---

[1] 特鲁维尔海滨的一家著名旅馆,杜拉斯曾买下其中的一套公寓。

在我看来，外来移民每周花钱上电影院和他们受剩余价值的盘剥是一回事。他们以劳动的形式"付给"他们工作地老板的价值和他们"付给"电影院老板的钱没什么两样。究其实，两个老板在工人身上获得的是同样多的利润，给工人的好处也同样有限。

我把色情片摆在商业片之上，因为它至少满足了官能的享受。应该承认官能可以摆在商业之上。色情片是给那些没有女人、极度孤独的男人看的。在工厂和周六电影院里，我所见到的人群并没有什么不同。

我一点也不关心弗朗索瓦·密特朗竞选是成是败，让我感兴趣的是那些提议，那些被人遗忘的社会党人的提议，美妙无比，也许是不切实际、无法实现的。它们和瓦文萨[1]，还有之前的阿连

---

[1] 瓦文萨（Walesa, 1943—）：波兰政治家，1983 年获诺贝尔和平奖，1990 年当选为波兰共和国总统。

德[1]的愿望是多么接近呀。不是别的,正是这些愿望推动了世界的进步,虽然它们可能注定要失败。

在激情中,人只是一个被动的客体,因为他根本无法预料将要承受的震颤,伟大便在于此,疯狂,可怕的激情。

对我而言,情欲只能在男人和女人之间,即在异性之间产生。

另一种情欲,也就是存在于同性之间的,我认为是男人或女人手淫行为的延续。激情的光彩,它的广袤,它的痛苦,它的地狱,就在于它只能在无法调和的两性——男性和女性之间发生。我所谓的激情就是指情欲。

同性恋的双方往往比异性恋的伴侣的关系稳固得多,因为同性恋做爱的方式简单又方便,而异

---

[1] 阿连德(Allende,1908—1973):智利政治家、社会党人,1970年任智利共和国总统。

性恋的做爱方式还是野蛮的，它置身于欲望丛林的深处。

在同性相恋的过程中，我认为没有那种异性相恋过程中所表现的占有欲。同性相恋是一种快乐的互换，它从不像异性恋有那么强的归属感。无法摆脱对某个人的欲望，这便是我所说的，对我而言，异性恋的光辉所在。

1981 年 6 月 12 日[1]

---

[1]　没有标出处的文章是从未发表过的文章。——原注

大西洋的"黑"

　　我刚拍完两部电影：《阿嘉塔》和《大西洋人》。前一部长达90分钟，后一部42分钟。《大西洋人》部分采用了《阿嘉塔》没有采用的镜头。现在，没有采用的《阿嘉塔》的胶片只剩下几段几秒钟的拍摄，除开片头片尾，还有两个派不上用场的风景镜头。其一是摄影棚里正对着镜子的一架摄影机的撑脚，其二是海边一条怡人的乡间小道，两旁栽了榆树。如果《八〇年夏》的这一片段拍成的话，剧中的少女和孩子，在离别的前夕本该从这条路上走回来的。

　　如今我一无所有了，前前后后，没有遗留什么，也没什么好期盼的，只剩下了黑色。拍摄《阿嘉塔》和《大西洋人》新近留下的废胶片也要扔掉了。我要永远离开这两部电影了。

《大西洋人》的拍摄遇到了大麻烦，因为《阿嘉塔》没有剩下足够的胶片做新片的画面。我也没打算用现成的画面去充斥这部片子，就让它保持原来的风貌，保持这份先天不足，做摄影棚里的半成品，让爱保持它的隐秘，不特意简单明晰地表现出来。于是我用了很多的黑色。用的是纯粹的黑，因为打一开始我就知道我没有足够的画面来制作电影《大西洋人》。发现这种匮乏的同时，我也发现了我为这部电影写的脚本的"充分"作用：我写得越多、越详尽，拍的时候倒越是自由，越是离谱。十分钟的黑片过后，成了，因为想不出有什么画面可以配文本的。对应的画面是找不到的，一切都被那股黑色浪潮淹没了。我现在有一种感觉，黑色胶片挡住了那只人为的手，拒绝切分，拒绝中断。

这是我首次拍黑色，我的意思是我是在黑色的背景下写下完整的文本。黑白画面比单纯的黑色要生动，但黑色比彩色画面更为广袤、深沉，一片漆黑，人们反而看得更加专注。黑色像河流一样流淌。它没有间断，而是一种持续的运动，它和声音、和话语联系得更紧，因为没有什么意象会侵害这种关联的底蕴，存在于黑色和声音之间，尤其存在于黑色和话语、黑色和生命、黑色和死亡之间。

黑色镜头也和画面一样会被拍坏，让人遗憾。拍黑色镜头遇到的问题和拍画面不同，黑色镜头会像水和玻璃那样映出过客的影子。我们有时在"黑"中冷不丁看到漏了一丝微光，工作间里走动的人或别的什么东西，忘在窗台上的摄影器材的影子，还有由于看了一阵子黑后，视觉自然产生的一些说不上来的形状，叫你看又不给你看具体东西时，有些人会产生恐惧感。这一切，色彩是无能为力的。流水、湖泊、海洋都具有黑色影像的魔力，它们和这些影像一样流逝。

在剪辑室工作的有那么几位，我们从没有感到过画面的匮乏。我们总盯着桌上的小幕布看，然后盯着混音前演播室放映的大幕布看。我得承认我到现在才弄明白前因后果,在拍电影的过程中,一切都还不是那么明朗。

我以为我所有的电影,画面背后都隐藏了黑色。透过一切,我只试图触及电影的暗流,能一时间摆脱那连绵不断的画面。黑色在《恒河女子》中运用过,《印度之歌》《在荒凉的加尔各答她的名字叫威尼斯》《黑色号轮船》《黄色的,太阳》《奥雷莉娅·斯坦纳》中也一样。但《巴克斯泰尔,薇拉·巴克斯泰尔》没有采用。我写的书中同样能找到"黑"。这种黑我称之为"内在的阴影",那是每个人旧日的影子。我也把它叫作天才的杂烩,什么材料也不缺,无论对什么人,也不管他处在什么社会,在什么时候,都能有所触动。我认为我在电影中的探索是我在书中追寻的东西。总之,只是形式有所不同,用途却并无二致。两者的区别很小,无关大局。

拍片于我似乎比写作来得容易。若是为拍某部电影呢,我可以写个不停,我认为表达总是可能的。而写一本书就不一样,要填满一本书,这老让我心生恐惧、惴惴不安。电影却不。当我看自己的电影时,我也不觉得它们比我的书所表达的内容要少——虽然电影脚本比较而言要简短些。从《劳儿之劫》到《印度之歌》文本短了很多,花了我几个月时间去写。

面对写作,我感到书本形成一堵光秃秃的墙,阅读看不到却又无法跨越的边界。书的晦涩,那份"黑"就在这里,在字里行间。而电影是开放的,公共的,可以知道它是怎么拍成的,观众又是怎么看待的,仿佛我们亲见了对作品的验收。

我总是羞于去看自己的电影,不论哪部,也不管是在什么场合。这种发窘的感觉不单是对电影,对书尤甚。记得几年前的一天,在"花神"咖啡馆的露天座中,我瞥见邻桌的一位女孩正在看《劳儿之劫》,她并没有看到我,但我却像一个小偷一样悄悄溜掉了。回想起那一刻,是一种巨大的恐惧,害怕自己被别人认出是书的作者。这种时候令人担心的就是让"劳儿·V. 斯泰因"的读者看到作者的面容,想到"劳儿·V. 斯泰因"居然还有一位作者存在。

作为文本,应该考虑的是将与人物息息相关,并将伴随人物走向死亡的某种内在联系揭示出来。写作超越了死亡。每首写就的、被传诵的诗都躲过了死亡,书也一样。而电影却逊了一筹。

《行动中的女性周刊》,1981年9月11日

帕斯卡尔

我们还沉浸在丧葬第一天的悲哀之中。已经一个月了，帕斯卡尔[1]从睡梦中去了另一个世界。什么都无法冲淡这则消息包含的残酷和无情。在这张可爱的脸蛋的周围，回忆还没来得及滋生。帕斯卡尔永远活着。日复一日，死亡更难以捕捉到它的猎物了。而她的风采在城市里飞扬，什么也无法阻挡，挡不住她的魅力。

短短几年时间，她的电影，那出克莱斯特[2]的戏剧，二三事足以展示一个人怎样年纪轻轻就踏上

---

[1] 帕斯卡尔·欧吉（Pascale Ogier，1958—1984）：法国女演员，布勒·欧吉之女，英年早逝。
[2] 冯·克莱斯特（Kleist，1777—1811）：德国作家，写有喜剧《碎罐》（1808）和历史剧《洪堡的亲王》（1810）。

了辉煌的戏剧艺术之路,而且还是单枪匹马,只凭自己的本事、自己的聪明,不靠外力,也没有什么流派和方法。

一位年仅二十四岁的伟大女演员诞生了,她有个性、坦率。她的成长道路可谓十分完美,就和一株植物的生长一样出于自然。她就像是卢瓦河边一座新建的城堡,迁到了法兰西艺术之都,既有它的奢华又有它的朴实。

巴黎在短短的几天就为这位年轻的女子痴狂了。也就在这几天之内,当她结束那令人惊叹的工作,就在那个洒满月光的夜里[1],她死了。

光彩会漫过一切,永远依旧,依旧。

《解放报》,1984 年 11 月 30 日

---

1 此处影射了帕斯卡尔出演的最后一部电影《洒满月光的夜晚》。

福楼拜是……

　　福楼拜是一位伟大的作家。这便足够了。当你能清晰地表达一个问题，你其实已经掌握了解决它的方法。首先该知道如何表达困难本身。往往困难只有一个，人们常常觉得千难万难，那是因为他们没有看到解决了这个难题，其他困难都会迎刃而解。我写《副领事》时遇到了一个问题，它纠缠了我有六个月之久，没有一丝一毫的进展。我以前谈起过，以后还会谈到，认识从来都不一样。需要一谈再谈。我不知道《副领事》中是谁在谈论女乞丐，之后我找到了，叙述者是一位作家，他像读者一样进入书中，他是夏尔·罗塞。我说的困难就是这个，无法找到进入自己作品的途径。会存在文本问题，即怎样从一个文本"过渡"到另一个文本，怎样让读者在阅读时不至于摸不着头脑。其次作者自身也会有问题。我认为当人们经历了一桩大事，他往往一下子就坠入了童年的茫然无措，他要么利用这种错乱来写作，要么只能等待。没有必要坐等解决方法，方法其实已经摆在那里了，只是我们看不见罢了。

激动往往就是重新坠入孩提时代精神的迷雾之中。看来童年只在抵制理智的侵扰和塑造时才有所变化，但这只是表面现象：这迷雾显现出人之初海洋般的宽广，同样的内容，同样强大，同样危险。一切都是开放的。人生来就有开放的头脑。

打开了书页竟无从落笔，这是一种很深很深的不幸。此时只有自己和自己对坐，谁也帮不了我。

没有困扰就不会写作，要么就是泛泛地写，那只能称其为学生习作，而不能称其为写作。萨特、波伏瓦还有其他一些作家把写作和政治混同起来，就像他们用马克思式的简化法把地球上的社会、经济、政治问题混同在一起。想到这个我们觉得脑子都乱了,于是笑了。

对我而言,《卡车》的剧本不能称为完全的写作,它是有声的文本。我走到的我自己都想象不到的纯粹的写作文本有《爱》《迷狂》[1]《副领事》《奥雷莉娅·斯坦纳》《坐在走廊里的男人》和《大西洋人》,还有我以后的作品,如果我还能再多活两年的话。

我觉得自己一直在受苦,我整个的一生都在受苦。我整个的一生都糟蹋了,我这样说并不是出于谦虚。而我竟因此有了一块丰饶的写作园地。因为痛苦,我领会到了这里近乎是一块福地。

我一直都在写作。我不知道这是怎么发生的,

---

[1] 即《劳儿之劫》,也译作《洛尔·V.斯坦因的迷狂》。

也不记得自己是从什么时候开始写作的,只是在我停止写作后,如当我有了孩子之后再执笔时才有了些认识。但我最初执笔写作的情形却被岁月彻底冲淡、淹没了,对此没有记忆,一点也没有了。男人们对此一无所知。

如果没有出版,就不会有书。我认为如果没有出版的沉沦,没有发表的行为,就不会有写作了。我再重复一次,是的,因为这是世界上少数聪明人的头号问题。做聪明人,就是想写作。

写坏一本书没什么大不了的,一些"写坏"的书是美妙绝伦的。我把《没有个性的人》[1]摆在普鲁斯特之流之上。

恐惧一直都伴随着写作,无论何地,无论什

---

[1] 奥地利作家穆齐尔的作品。

么民众。这里有一张纸，上面一无所有。世界就从此开始。什么也没有，只有空白。而两个小时之后，"世界"就填满了。这是和上帝竞争。人居然敢于创造。你写作，你写作就是和造物主作对。你呀，你在玩你的小把戏。这真可怕。

写作时心存惶恐是自然的。别怕自己的这份惶恐。如果没了这份惶恐，便没了写作。当我重读自己写的东西时，我会害怕。《迷狂》《副领事》《爱》都是如此。

应该相信这个陌生人，相信自己。

我在《广岛之恋》中曾说过：重要的不是欲望的芜杂，不是爱情的尝试。重要的是这个唯一的故事所承载的地狱般的痛苦，什么都无法替代这个故事，别的什么故事都不行。不要编造，一点也用不着。你越是想有意为之，它越是要躲着你。爱就是要爱某一个人。活也只能活那么一次。初恋破碎了，人们便带着这最初的故事走进之后的故事。你爱过某人，你便带上了某种印记，你之后的爱情只是那个故事的重演。你和那个故事已分不开了。

免不了要谈到忠诚，谈到独一无二，好像人人都是属于自己的小宇宙似的。一些人，还有基督徒宣称要爱全人类，多么可笑。是些玩笑而已。一次只能爱一人，决不会同时爱两个。

我刚花了一个月时间拍一部电影，真是乐在其中。片子是为 RAI[1] 拍的，名为《罗马对话》，拍得很美。不，它不晦涩。我想它是可视的、愉快的，但片子拍完以后，我竟觉得它不是自己拍的。但它的确是我拍的，是我拍了它。当我看片子时，我哭了，仿佛那不再是我自己，它突然跑开了，好像一切发

1　意大利广播电视台。

在另一个不同的场景里,仿佛是另一个自己。

怎样表达这种感受又不显得有些自命不凡?是我在遣词造句,所以我得格外小心。当我不再那么刻意追求时,用起词来反而从容。我若是太过钻营我的文章,反而觉得有点词不达意。《琴声如诉》——文章是罗伯-格里耶[1]要的,一年里他给我打了二十个电话——是我写作的开始,为什么这么说呢?因为从那以后,我无论写什么都有一个既定的方向。

工作总是天真的、孩子气的,只有懒惰才是高贵的、"伟大"的。多数被编辑退回来的小说都是些写过了头的小说。格诺[2]对我说:别那么在乎小说。小说写得太周到、太饱满都会让人避之唯恐

---

1 罗伯-格里耶(Alain Robbe-Grillet, 1922—2008):法国"新小说"派作家,著有《橡皮》《嫉妒》等。
2 格诺(Raymond Queneau, 1903—1976):法国作家,文学评论家。

不及。碰运气至少要自立门户。普鲁斯特，没得说；第二个普鲁斯特，同样优美、同样丰富，今天却会遭到拒绝。

人在写作中会重复，除此，没有什么更神秘的。阅读是另一种写作。当一门艺术存在了很久，它不一定就出现在文本中，在埃及，它或许在建筑上、绘画中，等等。这种重复在今天依然以同样的方式继续。我们和希腊人、埃及人、中世纪古人、不写作的人并没有什么不同。有的人一生从事雕塑，有的从事绘画，不一而足，有人却一辈子都不会碰这些东西。那些无法承受写作痛苦的人，我和他们格格不入。虽然彼此间存有一份关爱，我和他们的关系却不是根本的。

你能遇到的最严重的事就是写作，我从没遇到过比它更猛烈的事了，要说有，那便是生孩子。再说，我也分不出两者的差异。写作完全等同于生命。有时写作源于外部,有时源于内部。我最近写的东西,对《大西洋人》《奥雷莉娅·斯坦纳》的思考都是源于内部,我在身外,在我周围没看到有什么与之对等的东西。

我一生中捉摸不透的是我写的自己的生活。我到死都不会弄明白。怎么写了这些东西,为什么,我又是怎么写成的,我也不知道,我不知道这一切是如何开始的。不能解释。那几本书又是从何而来?原来还是白纸一张,忽然就冒出了三百页。它们从何而来?写作时要放任自我,不要约束自己,应给写作以自由,因为人不能完全了解他自己。我们不清楚自己到底能写什么。

我认识一些大作家,他们向来都无法谈论这个问题——我认识莫里斯·布朗肖[1]、乔治·巴塔

---

[1] 布朗肖(Maurice Blanchot, 1907—2003):法国作家,著有《等待,遗忘》(1962)、《文学空间》(1955)等。

耶[1]，相当熟悉，我也认识热内[2]，我想和他不算太熟。他们从没意识到，也从来不谈及此事。我想这是不对的。三十年来，有种从萨特之辈那里学来的审慎，人们避而不谈自己的作品，谈了便有失体面。我想是《话多的女人》[3]第一次谈到了这个问题，至少可算是最早谈到这个问题的书中的一本吧。谈这个问题很有好处，但在文章写完之前就给人看也是非常危险的。

出版人和作家之间的差别是很有趣的。

每本书的结尾都是一个完整世界的终结，每次都是如此。之后又重新来过，就像生活本身。

写作时，话语不能替代写作。写作时也从来

---

1 巴塔耶（Georges Bataille, 1897—1962）：法国作家。
2 热内（Jean Genet, 1910—1986）：法国作家，著有《女仆》《阳台》《屏风》等。
3 发表于1974年的作者和X. 艾蒂埃的谈话录。

不能读出声来。我呢,我可以读上一个片段,但我很快就被惊吓住了。

我首先是一位作家,其次才是一个人,一个生活中的人。在我度过的那些年头,我作为一个作家存在要甚于做一个饮食男女。我就是这样看待我自己的。

当我到德国,听到街上、咖啡馆里的喧嚣、叫声,我恍若听到了集中营里纳粹党卫队的叫嚣。我在德国迷失了,我在那里简直不能呼吸。不能超越人所能承受的极限。无法表达我为什么不能接受德国,这支人类的后裔,这弥散在欧洲的回音、这丧钟,怎忘得了?

德国产生过病态的几代人,我也是其中之一。有时,我从梦中醒来,我就和自己说话,说一些我要说给德国人听的话,是的,现在还这样,因为我觉得德国人对德国所发生的事情、对他们的所作所为并不了解。我以为，他们也只能在这种对过去所作所为的极度无知里过活。

1990年夏末，我在特鲁维尔就德国恐惧症问题为德国电台做了长时间的广播。这种恐惧依然是无法克服的。采访我的是一位年轻的女子，干记者这一行还欠火候。突然，两个技师喊了起来。她哭了，带走了带子。真可惜！

我这样存在着要比不存在强。哪怕面对某些人我有去死的念头，但还是活着更好。想死的念头，不是什么坏念头，不是灾难性的欲望。

我没有天主教徒背负的责任感。很多人看了我的书之后自杀了，这不会妨碍我继续写作。要是人们看了我的书后变成了反革命，变成了政治流氓，我倒要停止写作了，是的，但读者的自杀不会影响我的写作。

我写的东西让我自己都想去死,所以它让其他人想死是很正常的。

生活本身就是一种阅读,是事物的智慧。

劳儿·瓦莱里·斯泰因[1]是一位女王。而我是一个无产者。只是我在述说。女王们一言不发。是无产者在写女王。无产者是我。完完全全是。副领事,是某种王子——古老的、神奇的、性灵的王子,他被自己淹没了,完完全全淹没了。只有我能写他。当我写他就像写 A. M. S.[2],写艾尔奈斯多,我觉得那种宿命就像钢铁一样坚硬。我对 L. V. S.、A. M. S. 一无所知,对副领事也一样。但我得写他们。

---

1 劳儿·瓦莱里·斯泰因(简称 L. V. S.)、副领事、安娜-玛丽·斯特雷泰尔均为《劳儿之劫》中的人物。
2 安娜-玛丽·斯特雷泰尔的简称。

当一本书写完了,就交出去了。这让人进入了完全的茫然。不知道书里的话语会产生什么结果。无法预料。书在我脑海中停留的时间就是我写作此书的时间,但也有例外,有几本书缠着我,如影随形,像《迷狂》《爱》《副领事》。我现在写书就像是做一次旅行,这让我联想起古埃及的死亡之旅。人们最终离开了死者,就这一意义,书在他们眼里反而成了生命的延续。我对书已无能为力了,我不能再有什么作为,我完全被书埋葬了。

《大西洋人》是我最后一部电影,即使我还会接着拍片,《大西洋人》将是我最后一部电影。《大西洋人》之后我还会拍片,但那些之后拍的电影都将无法成为我最后的电影。

全世界的电影工作者都在我为电影所写的文本之下。

我所感兴趣的,是让人们通过电影去聆听一

个文本。在《大西洋人》一片中，人们看到的是声音。

电影最伟大的时刻之一，就是在《印度之歌》中，德菲因·塞里格[1]和德国年轻的随员跳舞的时刻，她什么也没说，但人们听到了她的声音。D. 塞里格倾听着自己的声音，她自己的命运。电影也在别处，在演员的更衣室里，当他们倾听自我的时候。

我还无法企及我在电影中发现的高度。要是知道个中原委我会死的，它是那么强烈。只要我还在拍电影，只要我还活着，我就应该对此茫无所知，对此我一无所知。

我是密特朗的无条件支持者。我对他有绝对

---

[1] 德菲因·塞里格（Delphine Seyrig，1932—1990）：法国著名女演员，饰《印度之歌》中的女主人公，以嗓音奇特、富于魅力著称。

的信任,并不因为他是国家领导人,而是因为突然成了国家领导人的他本身。阿连德、萨达特[1]、孟戴斯·法朗士[2]和密特朗是四位举足轻重的国家领导人,其余的只是一堆垃圾。

集中营的痛苦应记录在案,不能忘却,这是对死者的纪念。对犹太人,对七百万犹太人犯下的罪行,这不能明白,无边无际,无法理解。

人们不谈集中营有五年、七年了吧。那些说这已是被接受、被认可了的现象的人,他们都是些新的反犹者。

我有一些犹太人朋友,他们都佩戴了黄星,我没有戴,但我觉得我也应该佩戴。我不知道为什么他们要戴上黄星,他们自己也不明白。我们都不知道这是为了清点犹太人口,以便把他们关进集中

---

[1] 萨达特(Sadate,1918—1981):埃及政治家。1952年参与军事政变,后任总统,1978年获诺贝尔和平奖。
[2] 孟戴斯·法朗士(Mendès France,1907—1982):法国政治家、律师。

营,再用毒气把他们毒死。在这些事情发生之前,我们真是缺乏想象力。就连戴高乐也忽视了犹太人,他只谈法兰西。密特朗是把法兰西纳入世界视野来谈论的第一人。

世界上所有民众对犹太人问题都患了一种幼稚症。我自问今天的犹太人该如何自处,一个犹太人怎能接受曾经经历的一切。其他人说浩劫发生过。仅此而已。

这不是行为的犯罪,而是想象出了问题。最根本的罪恶就是人们无法把自己想象成犹太人。我也无法想象自己是一个犹太女人:我们无法想象,但我们知道是怎么回事。

人们说犹太人问题已告结束,已离我们而去,这是缺乏想象力,是极度的愚蠢和无知:应该知道我们对此无法想象。

1982 年

给拉西中心[1]的信

当我接受学术会议的邀请时,我一直以为自己能来。但等会期临近,我却不能够了。根本就是身不由己,您也知道。这种事谁都会摊上,我知道自己会变卦,但我还是接受邀请。我该对中心负责,我请求你们原谅。

我还应该对您说的是:我之所以不能去拉西中心,还因为害怕人们问我关于我书中的人物的问题——为什么他们几乎全是犹太人?我不会回答。要是硬要我回答,作为答复,我会做出我本不想做的事情,也就是说把我书中的这一要素——有很多犹太人物——当作某种特例,然后我从中得出在我

---

[1] 拉西中心(Centre Rachi):一个犹太文化中心。

的作品和其他人的作品中普遍存在这一要素。然而，我决不想这么做。这种想法对我来说都是不能饶恕的。我也不能确切知道为什么我的书里有那么多的犹太人。但一想到人们会向我指出这一点我就觉得不能忍受。

我可以在故事、小说、电影里描写犹太人。但犹太人在我的小说、电影里和我一样沉默着。我们一起沉默不语，于是成了书。人们把我们称为犹太人，犹太人，他们说："她，她是向着犹太人的，不能相信她写的东西，不知她安的什么心。"

我的生活——我最近在英国电视上谈起过——首先是童年，之后是青少年，一切都一清二楚。随后突然意外地，就像闪电，出现了犹太人。但成年就没那么清晰了：犹太人被屠杀了。1944年。

我十六岁，很久以后我才醒悟到自己有过十六岁。那是奥斯维辛。

这期间我经历了战争、生孩子、爱情，一

切都冲淡了。只留下了犹太人。而我对此无法言说。

拥抱您。

1985 年

眼中的杀机

对犯下那些事的人，我们不能给他们以人的面孔、声音和目光。人们不会这样问自己：他们是谁？人们只会这么问：他们到底是什么东西？他们像是另类的肌体，是身体组成、建构过程出现的一次失误。

当奥斯维辛和特雷布林卡[1]的头头们看到堆满壕沟的尸体，看到他们的回收仓库堆满了头发、鞋子、玩具、眼镜，等等，等等，随着被毒气毒死的犹太人数量增多而增多，我想这些纳粹党卫队队员眼里有的该是和卡庞特拉墓地的亵渎者们[2]一样的

1　特雷布林卡与下文出现的卡庞特拉、克里西-下布瓦、皮蒂维耶，都是纳粹集中营或后来的犹太人墓地。
2　1990年，法国南部的卡庞特拉犹太人墓地被一些出身资产阶级、极右的年轻人掘开，成了轰动一时的新闻。

"微笑"而"温和"的目光吧。

为什么这会让法国、让全世界产生恐惧？因为在这些行为和举动中有一种可怕的相似。卡庞特拉、克里西-下布瓦、皮蒂维耶，欧洲公墓到处都有那么一些……卡庞特拉，是最后终结的典礼。

一周来，我就像在发现集中营。我们不再是平常人，我们都成了纳粹的屠夫。每天早上，我都在意念中尽力杀死勒庞[1]。只要我一醒，我就开始谋杀。没有哪次看勒庞时，我没有在他眼中看到死亡的杀机。眼中的死亡露出笑意，幼稚的，为了混淆视听。这就是那些人的强笑（看看战争快结束时他们的照片吧）。同样是眼中的这份杀机。目光就成了头上的空洞。

我们必须看一看这些纳粹党人，他们承认也好，不承认也罢，都是那些叫自由叫得最响的人。不，纳粹党不能算是政党。扒坟、放毒、焚烧六百万犹

---

[1] 勒庞（Jean-Marie Le Pen, 1928—）：法国政治家，极端右翼党国民阵线的创始人。

太人，建造围着带刺铁丝网的灭绝营，并为此提供庇护，使罪恶行径上升为行之有效的、系统化的政治制度，宣布灭绝一个种族就像宣布一次普选一样，说是有太多的犹太人，在报纸上轻描淡写地说犹太人太多，都是一回事。这不能算是一项政策。

结束了。好好听着：这段岁月永远过去了。人们现在只是提防着纳粹带来的死亡，但并不谈论。自由的三段论（所以人都有表达的权利）彻底过时了。世界上有那一百万人——好像国家只是他们的——于5月14日星期一上街抗议，他们承认了这种消亡。对那些还没有完全膺服的人，我想问一问：知道奥斯维辛的内幕、结局之后，你还会允许出现下一个奥斯维辛吗？在今天的自由里，在世界各地，都存在着政治上的滞后，某种对政治行动、对政治结论的厌恶，我还要加上：缺乏表达观点的勇气，尤其是自己的观点。

《新观察家》，1990年

拉尔夫·吉布森[1]

亲爱的拉尔夫·吉布森,

你的摄影集——《法兰西》,我看了很久,一遍又一遍。精彩极了,拉尔夫,既粗犷又细致。它的奇妙所在,就是看你关于法国的作品看得越多,对这个国度看得也越真切。

这里我们可以谈论一种摄影的书写。无法传译,不可逆转,是一种野性的智慧,莫测的神秘。

我们暗自思忖:我们所见到的,或许是孩子们所看到的吧,就是人们用这个奇妙的字眼——"真实"来称呼的吧。你从自己身上采撷到了真实,R. G.[2],在法兰西的土地上,在巴黎的土地上,你

---

[1] 拉尔夫·吉布森(Ralph Gibson,1939—):美国摄影师。
[2] R. G.,即拉尔夫·吉布森。

已融合进了果园一行行赤裸的土地，这种袒露，除开极少的几次，在诗歌里，从来都没有被言说过。

你跳出了雄伟壮观的法兰西，对此我很欣慰，非常非常欣慰。谁还想看？只有外国人还看这座铁塔[1]，那是为了摄下世界上被拍得最多的东西。就为这个，他们才来看铁塔，为了证明到此一游。我呢，我总是梦想看到从埃菲尔铁塔上掉到地上的一枚螺丝钉，掉在塔脚，成为照片上的主角。但蓝色包装布衬出来的熏鱼，我是无法想象的。

这是一条鱼，一条鲱鱼，它被渔夫的网给逮住了，之后被烟熏了。这发生在北滨海省——它就是在那里遭遇不测，人们叫它"肥肥"，也就是"小胖鱼"。人们把它放在木头容器里风干，把它和它的伙伴们排成一排。然后人们把它和没去皮的土豆一起烤了吃，趁热吃，就着新鲜的黄油。

拉尔夫·吉布森的烟熏咸鲱鱼有一只非常生

1　即埃菲尔铁塔。

动的眼睛,它看着蓝色包装布的那份蓝。眼中亮着快乐:它以为又找到了它童年的海洋。我呢,它让我流泪,这条鲱鱼。

还有,那位老出现在 R. G. 摄影集中的女人,她的面容有二十到一千岁。她赤裸着身子,不看任何人。她面向荒凉。她越过了 R. G.,面向南方。有时,她的眼睛是闭着的。有时是近乎闭着的。在两片眼皮之间,阳光像流水淌过。影集中,和博古斯[1]和卢米埃[2]一起的只有这个女人,在法国。

法兰西一词,在影集中根本看不到,我从中看到的是一样具体的东西。因此也就是一切。法兰西变成了让人思索、发人深省的一样东西。

比如我,在赞叹中,令我思索的,我得说是那个巨大的波尔多红葡萄酒瓶,缺了口,和地窖里、火车上、轮船上、飞机上所有的葡萄酒瓶一样孤零零的。但拉尔夫的酒瓶,是唯一一只全世界的人都

---

[1] 博古斯(Bocuce、1926—2018):法国著名厨师,出身名厨世家。
[2] 卢米埃兄弟,电影之父,他们拍摄了最早的电影。

将看到的。平生第一次看到一杯还没啜饮的酒，或许也是第一次将回想起这奇迹的芳香：葡萄酒。我们的幸福，好好坏坏都兑在一起了。

在 R. G. 的摄影集里没有一家酒吧，没有一家咖啡馆，没有一个喝酒的地方，只有这个酒瓶，在某个未知的地方展示出它的光彩，孤单得如一位皇后，抽象得如幸福一词，无法解读。

摄影集里还随手拍了其他事物。我想到了你的这张照片，我一看到它，而后每每想到它，我总是深深地被它打动。就是这张照片，这是门口的一级台阶，我想里面是个公园吧，台阶上几乎没有留下岁月的影子，也许有几个世纪了，你从这台阶上经过的那一天、那一刻，这洁白的台阶上有一件丢失了的东西，极细微的，日常的，普通的，我说的是颗纽扣，扣男人们的衬衣和女人们的罩衫的纽扣。这颗扣子在那儿只会待很短的一段时间，几小时吧，而你，你看到了这个闪光的时刻。它在这个台阶上只待了几个小时，但你却让它得以永恒：

"陌生人丢失的一颗扣子,在一个有一千两百万居民的城市。"

写点关于你照片的东西,拉尔夫,是多么快乐呀,你该给我一本作品集,我好写写那个陌生的世界,写写你,写写事物神秘的意味,写写摄人心魄的红葡萄酒,这颗丢失了的、微不足道却妙不可言的扣子,锦缎和棉布堆在一起,还有这位面向南方的女人美丽的臀部,坐在博古斯和卢米埃之间,一切都混在一起,一切,在宇宙无边的自由里。

你捕捉到了法国之为法国的美,因为你用镜头书写了它,没有掺杂敬意,也没有带着成见。你拍下了那些不入镜头的东西:酒的才华和我们自己,在生活的景观前。你是个"野人",拉尔夫·吉布森,你是我的朋友。

为拉尔夫·吉布森的《法兰西的历史》作的序
巴黎视听,1991 年

凡尔赛宫的巴拉丁公主，
皇族的写照

　　这是米歇尔·波尔特[1]的第五部电影。主题是：巴拉丁的信件，德国公主，嫁给了路易十四[2]的兄弟为妻，信是写给她在汉诺威[3]的姑姑埃莱克特里斯及其女露易丝的，没有公开过，在公主的关照下偷偷地送到了法国国土之外。影片长62分钟。1984年春在凡尔赛宫拍摄的，利用城堡每周关闭的几天。起初是INA[4]为法国电视台制作的一部资料片。拍出来的，是一部出人意料的电影，从技巧

1　米歇尔·波尔特（Michelle Porte）：法国当代电影导演，杜拉斯的好友。
2　路易十四（1638—1715）：法国国王，被称为"太阳王"。
3　汉诺威，前德意志西北部邦国。1692—1806年为神圣罗马帝国选侯国。
4　INA，法国国立视听学院的简称。

到……打乱了观众的所有期待，片子既不关乎皇室，也没写凡尔赛宫，但它完全是向着悲剧发展的。它和悲剧一样具有悲剧性。悲剧是本质的，就像皇族血统。这里谈到了法国历史上伟大统治的最后，那封尘在断头台上的世纪的沧桑故事。

负责摄像的是多米尼克·勒里高乐（Dominique Le Rigoleur），伟大的电影摄影师之一，他拍的《尼古拉·德·斯塔埃尔》(*Nicolas de Staël*) 无疑是电影的代表作之一。巴拉丁公主的声音是热纳维耶夫·帕热配的，绝妙，话就出自唇边，就好像写在死亡边上。

电影里什么人物也没有，只有这个声音。只拍了凡尔赛宫，而且依然是平常在电影里所见到的：它的水池、公园和大厅。此次拍摄根本不认为那些知名的，甚至是拍滥了的东西会收放自如。排斥浪漫，排斥让人腻味的调子，仿佛那是可能会犯的最大错误，就像是被我们落在身后、应该忘却的、中学里的什么东西。这里他人的目光就是所有人的目光，它不会扭曲事实，也不提供什么信息。在这一点上又加上了孩子的视角，无知者、未受教化者的眼光。只有这些一无所知或近乎一无所知的人看待凡尔赛宫的视角才是和影片的作者一样的。哪怕是掺了一点文化的眼光在里面，都会让我们失去这座宝藏。

摄制的那个春天没有阳光。这个春天有的也许只是光线晕出来的黄色的珠光。光线总是雾蒙蒙的。凡尔赛宫也愈发显得寂寥。这里用的展示手法和以往一样，手法是相同的，古典的：宁静、正面。摄影机的移动也是非常传统的。移动的幅度很大，走着曲线，很有规律，像画肖像画一样。有时摄影机在音乐前停下，是亨利·杜蒙[1]的《大经文歌》，它听了一会，又朝前走，然后它又在一幅肖像画前面停下来，看。它展示，它寻找，它观看。

---

[1] 亨利·杜蒙（Henry Du Mont, 1610—1684）：瓦隆的作曲家和管风琴演奏家，皇家教堂的乐师，是《大经文歌》的创作者之一。

它走近了，又走开了。它借着前人的路线，穿过世纪，穿过入口、出口，它走遍了法国味的居所、直角的走廊、满是吊灯和镜子的大厅，还有这里所有的那份空虚寂寥。

与此同时，德国女人讲着那些看不见的东西。而我，我一无所知，我透过她的声音去看。一切都淡忘了，但我发现，那一切似乎我一直都知道，比如国王的不幸和人民的不幸，我曾在枯燥的课堂上学到过，两者是有区别的，而我发现自己在同一件也是唯一的一件事上把它们汇聚在了一起。

摄影机就和所有人、所有人的文本一样，绝妙又简单、方便、直观。尖酸的讽刺，透出一份潜质：智慧，真诚，还有搞笑，很多很多。

越过了城堡蓝色的栅栏，她，巴拉丁说话了。她讲述了那一天发生在她生活中的事，还有发生在她身边的事。她总是讲国王的难处。他不仅要照料王国，还要眷顾那帮贵族，管理乱七八糟的国家，身边老是围了一帮子的人，神情令人憎恶，烦恼使他一副蠢样。巴拉丁很同情国王。她谈到了贵族的堕落。她也谈到了自己的心情,谈她对曼特农夫人[1]的敌视,那个"妓女""垃圾""老女人"。她谈到了死亡、疾病、宫廷、天气、狩猎,还有她不喜欢的凡尔赛宫的花园和她钟爱的德意志的森林。有些日子她会流泪,有些日子她丑,非常丑陋,她倒饶有兴致地写她自己。有些日子她不给任何人写信,因为她受的苦太深太重,要么是替国王受苦,要么是因为国王受苦,在她对国王爱得太厉害的时候就会重新体验到这份情感。这份爱在她的信中流露出来。她见过很多国王,但单单对这一个情有独钟,成了她此生真正的艳史。她爱他就像是她创造了他,无论他做了什么事,不管他是多么让人讨厌、多么坏,尽管她不明白为什么他几天不和她说话,尽管他没和她说一声就娶了曼特农,让她在嫉妒的地狱里备受煎熬。什么也没能让她对他的爱稍

---

1 曼特农夫人(1635—1719):法国国王路易十四的第二个妻子,生于普瓦图的尼奥尔。

稍减弱，让她对国王做出评价。她从不评价他。尽管他们的亲密是真真切切的，但这种亲密不是两个人之间的。这份感情不是为了某种关系。她是很特别的，可以说她对国王的爱倾注到对法兰西的爱上，但她是如此谨慎，以至于从她信中谈及的琐事中难以窥破她的心事。国王从来不谈及他的政府，就像她对国王出兵莱茵伯爵领地（Palatinat）一事避而不谈一样。在围攻曼海姆[1]的时候，她宁可自己不要看到。当捷报传来，她又去见他了。他们见面后谈的不是王国、不是战争，而是别的一些事情，经常谈起的是些无关大局的东西，宫廷里道不完的闲事罢了。国王致力于使他的王国生机勃勃，尽力去赢得每一场战争，去开疆扩土。这一切越来越艰难。一天，他卖了他的金碗碟。她爱他，既当他是神也当他是自己的孩子。

---

1 曼海姆，今德国城市，1607年设建制，曾是一个文化中心。

所有的大厅都是公共的。尽管用途不同,但都是开放的,人们鱼贯而行,别人去哪儿就跟到哪儿,故而人也总是挤在一处。而且,宫里还有狗。巴拉丁就有六条,有时甚至是九条,狗狗们就睡在她的卧室里。有跳舞的大厅,有下西洋双陆棋的大厅,有用餐的大厅,有听《贝雷尼斯》的大厅,有说话的大厅,打架的大厅。在餐厅里人们互相扔鸡架子,用手指而不用那讨人厌的叉子进食。国王餐桌上的情形是最糟糕的,皇室的孩子顽皮得要死,国王也任他们折腾,孩子们以食物作为武器互相打斗,不停地起身,围着桌子跑来跑去,叫叫嚷嚷。热闹得俨然就是一个集市,天天如此。有时也去别的城堡,也是成群结队地全跟了去。但最终人们还是回到此地——可怕的凡尔赛宫。在这里你根本就别想入睡。它也是一家巨大的夜总会。方圆几顷遍地是屎、是尿。这在17世纪并不离奇。当时人们在大街上"方便",在公园的小径上,在圣坛上。人们踩着粪便走路,既有狗的粪便,也有贵夫人、王公贵族的，很多。为了盖过粪便的气味，人们拼命搽香水。人们还从不洗澡。国王一生就洗两次澡。在脏兮兮的身上穿上精心缝制的锦衣绣袍。人人都散发着臭气。所有的人都发臭，国王、巴拉丁、仆人、曼特农。在这个难以用笔墨形容的地方，没有一人工作，除了国王和他的朝臣。谁也不想着搞点新花样，那个世纪没创造任何什么实用的东西，就是在那些宽敞的公共房间里，也是一无所有。那时还是开洞椅"统治"的时代，巴拉丁说，公主们坐在开洞椅上一边接待觐见，一边"方便"。秘密被到处宣扬，拆别人的信，偷别人的信，把别人的信卖了的，敲诈勒索的，还有偷珠宝首饰的，抓偷情的，把一对对情人耍得团团转，当情人们拥吻时突然杀将出来，取笑一番，人们取笑爱情。

就在凡尔赛宫，国王打发了他的那帮朝臣，为了能看一看她，管管她，她的谵妄、奢靡和清高。就在此地，他拥有了她。在此地，她想叫喊就叫喊，她想吃醋就吃醋，他让她做做美梦，封她些个不着边际的头衔，他也会惩罚她，她无知、懒惰，就像是中国或其他地方的蛮夷。她真是祸水。但幽居在凡尔赛宫，她倒是做了人们期望她做的事情，她为法国生了一群皇族子女，且不去追究孩子是婚生子还是私生子，这无关紧要，反正都是为坏年头做的一批储备。而那些年代每年都是坏年头。十个孩子能养大一个就不错了，所以要多多生育，好最后能养活那么几个。很多孩子都是寄放在奶妈家带的，远离宫廷，但大伙都知道孩子在哪儿，是的，他们就在那里，时刻准备派上用场。

配音是很特别的。在我们听来，电影的声音，即热纳维耶夫·帕热的声音，随着她的推进有了变化，声音似乎越来越慢，而她提及的事情也越来越可怕，我们无法摆脱。死亡慢慢挨近凡尔赛宫。"大水"预告了这一点。"大水"的声响就如暴风雨。我觉得凡尔赛宫泉水的气势太盛了。我肯定天底下水在建筑上都不会被设计成这样的。水四处漫溢。它淹过大理石栏杆上的柱子，那么多的水几乎让人恐慌。那是1710年发生的事。它和死神一道降临。

以下就是死神袭来的先后顺序：

1711年，大皇太子。他是国王的长子，去世时四十九岁。

1712年2月，勃艮第的公爵夫人，萨瓦的玛丽-阿戴拉伊德。她是国王最钟爱的公主，他的孙媳妇。

几天后，她的丈夫，勃艮第的公爵也去了。他是国王的孙子，二十六岁。

"宫廷上下都被恐惧攫住了，"巴拉丁说，"他们都由同一辆灵车运到了圣德尼[1]。"

人们从来没有见到过一桩和这一样的不幸。

1712年，小皇太子去世，他们的儿子。才五岁。

最后，1714年，轮到贝里公爵，大皇太子的第三个儿子，出猎时死于一起意外。

---

[1] 圣德尼，法国塞纳-圣德尼大区的区府，位于巴黎的北部，有大教堂，是皇室的棺木停放地。

皇子们一个个都死了,除了勃艮第公爵的次子。他五岁。国王指定他为王位继承人,巴拉丁的儿子做他的摄政王。

短短十一个月,就死了三位皇太子,第四位在西班牙摄政。

"国王把私生子统统当王子养起来,当合法的继承人死光后,好有人接他的位。"

国王是最后死的,1715 年。

也运到了圣德尼。

"皇家于是像鸟一样四散了。"

凡尔赛宫的丧钟已敲响。皇家气派一去不复。

有人说,后人说:凡尔赛宫太大了,有点太通风、太摩登了,无法御寒,冷空气在这里四窜,盘踞。人们说在冬天几乎抗不住寒冷,冷得切肤彻骨。

那些人。

他们搞音乐。他们在一个偏僻的山丘上建造

了凡尔赛宫。他们支起柱架起梁，建筑挺立了几个世纪。他们砌了一些阿兹特克人的台阶，栽了橙树，挖了几口泉。他们建城堡、建歌剧院。他们写作。他们写书，写悲剧，写几千几千行的诗。

他们什么也不做，除了做些毫无用处的东西。他们靠施予文学、艺术的资助过活，靠一些捐赠，人们把房子借给他们住，常常连穿衣打扮都为他们打点停当。他们有时也会挨饿，为了继续生活和写作，他们也干蠢事，他们把孩子寄养在公共救济院里，而后再也没有把孩子接出来。新兴的事儿就是纸张好卖了，墨水也一样，出版商也有了。谈不上什么舒适，日子过得比希腊人、罗马人甚至中国人都差。用蜡烛照明。借着晨曦写作。一百年里什么机械的进步都没有，谁也没有往这里头想。

《另类期刊》/ 周刊，1985 年 12 月，第 10 期

对法兰西的某种想法

关于"移民"问题,我只做过一件事。那是一部电影。很少有人提到:《否决的手》。巴黎,早上七点。

我觉得已说过的一切,人们总是围着过去打转,而某一个经历过社会变化的、具体的人的现状却没有被谈及。正是这个令我震惊。

四十年来,是外国人在建设法国,法国所有的建筑、停车场、桥梁、道路。这些外国人现在还是外国人的身份,正是他们所经历的四十年引起了我的兴趣。里里外外这两种变化是如何同时发生的。正是两者的冲突吸引了我。

所有人境移民的运动都是充满斗争的意识形态的运动。但我从未见过哪一次运动能企及事件的高度。

这种印象不对，试图同化移民也一样。法国，对我而言也是如此。就是这个问题。正是它目前的伟大使它提出了这个问题，它明白这个问题，它接受了这个问题，它尝试着，尽管有些笨拙，去寻找解决的途径。

现在我要讲一个关于身份的故事。我当时二十岁，在奥地利旅游。我到邮局取我的信件。有我一封信。一位女邮差问我：

"您有身份证吗？"

"没有，我什么也没有。"

"那么我不能把您的信给您，制度是很严格的。"

"我有一张照片。"

"您还是把它给我看看……"

她看了照片："毫无疑问，这是您，我把您的信给您。"

当人们问我关于我对"法兰西的一点想法"时……

生平第一次——1936年那次除外——这个念头占据了我的脑海,让我沉思。我为法兰西的民主感到骄傲。它现在已成了全世界的一个典范。法国从来没有像现在这样开放过。我对法国的想法?这是一个向所有的风都敞开的民族……迎接一切。

《法国特性》/《空间》第89期,巴黎,1985年

圣特洛贝[1]的特洛贝先生

每天清晨，不论寒冬酷暑，也不管圣特洛贝是冷冷清清，还是"畅饮威士忌"——城里最有名的夜总会——最后的爵士鼓点歇了，倦倦的，一辆：ID 19[2]，车牌 77 GE 83 必定会驶过这个地区。

它每次都那么准时，所以真正的圣特洛贝人看见它驶来就知道确切的时间：6 点 30 分。他从城堡下面他那个有十二个房间的别墅里出来。他四十五岁。他的名字挺难忘的，叫特洛贝。

在他爷爷辈的时候，有几十个人都叫这个名字。今天叫这个名字的就只剩下了他一个。

---

1 圣特洛贝，法国瓦尔省的城市，濒临地中海，戛纳附近的一处避暑胜地。
2 ID 19，法国雪铁龙汽车的一个款式。

姓：贝罗

名：特洛贝

出生地：圣特洛贝

住址：圣特洛贝

这不是身份，有些人说，这是宿命……

早上6点30分，最后几支时髦的麦迪逊舞[1]或斯罗培舞[2]歇了，乌烟瘴气的"地下舞厅"关门时，特洛贝·贝罗[3]驱车向海湾尽头的拉夫酒厂驶去，这个时间，游客刚去睡觉，而他则上班去了。

就是在他驱车上班的路上，他穿过的是世界上最美丽的风景之一。

路的左边是丘陵和加森撒拉逊人古老的村落。右边是大海，此时透出新鲜沙丁鱼的颜色。他的身后是他的村子——圣特洛贝。

1　麦迪逊舞，一种四步舞，源于北美，节奏介于摇滚乐和狐步舞之间，1962年左右出现。
2　斯罗培舞，源于北美的舞蹈，20世纪60年代在法国流行。
3　特洛贝·贝罗，法国成功的企业家。

若有人问特洛贝人可认得特洛贝·贝罗,他们的回答都会是肯定的。

当问及特洛贝·贝罗的资产时,答案就不那么一样了。

"六亿。"有些人这样说。

"至少有十亿。"有些人又那样说。

"他受人爱戴吗?通常有钱人不那么有人缘。"

"大家都喜欢他。"

"他是怎么成功的?靠运气?"

"不,是工作。靠的是'vista'。"

在西班牙,"vista"是斗牛士应该具备的素质:要有眼光。

1943年,特洛贝·贝罗二十七岁时的某一天,他花了十分钟就决定了一切。那时他已是布里尼奥勒酒厂主人,坐着不干活都够享用一辈子了。

只可惜厂址在布里尼奥勒。从家到酒厂有七十公里路,巴黎人会说:小菜一碟,没什么大不了的。的确。但对特洛贝先生来说,这碟小菜简直是流放。这七十公里路对他而言无异于中国万里城。

于是他离开了布里尼奥勒。他借了两万五千旧法郎。他买了一台二手的小型蒸馏机。他离开了舒适的办公室,来到了四面灌风的厂棚。但新厂棚设在科戈兰,距圣特洛贝仅九公里,而且面朝蔚蓝海湾,坐落在宽阔的拉夫沙滩上,簇拥在波瓦龙松林的树影里。

小厂棚八面透风,特洛贝·贝罗早晚都在厂里转悠。邦贝罗纳的几家建在同名沙滩上的大酒厂开始发愁了。一天,酒厂老板约见了特洛贝。

"别做你的小买卖了。我雇用你,月薪一万五。"

特洛贝·贝罗还从来没拿过这个巨额数目的十分之一的工资呢。

就是这种关头使洛克菲勒成为洛克菲勒,而不是其他人。特洛贝·贝罗拒绝了邦贝罗纳酒厂老板的建议。他又回到了他科戈兰的小厂棚。两天后,那个老板又来了。这一次他提出让特洛贝自主经营。贝罗考虑了一下。

"如果保证销售,"他说道,"我就接受。如果不能保证,我就不干。"老板觉得人才难得,所以忍受了他稍嫌过分的条件,接受了。

三个月后,特洛贝·贝罗买下了邦贝罗纳的几家酒厂。

透过这些厂房的窗户一样也能看到大海。的确,在圣特洛贝半岛上,只有蒙着眼睛玩捉迷藏的孩子才看不见地中海。

一年后,特洛贝就用赚来的钱还了为买酒厂而向银行贷的三十万法郎。

他得到了他想得到的。就在他的故乡。很多寻金族都涌向阿拉斯加,甚至科罗拉多,但特洛贝从来都没想过离开故土。他的科罗拉多,他要在自己的故土上造一个出来。

今夏,你要是想晚上喝上一杯或吃上一份炸土豆牛排，你进的馆子十个会有一个是特洛贝现在拥有的产业，"水上餐厅"或是圣马克西姆邮局的咖啡香烟店，圣特洛贝港口的咖啡香烟店或快餐店。

要是你在瓦尔省停下来喝杯玫瑰红葡萄酒，十有七八喝到的是特洛贝下属的某一家酒厂生产的。

要是你要一杯本地的烧酒，那么你百分之百喝到的就是他家的产品了。

但这一切都不能使他免除几个小时的焦虑，每年一次，在他海湾尽头的办公室里。

每每都是在七月末。那时所有的葡萄酒和烧酒商都和他一样，守在电话机旁。他们等着从巴黎传来的消息。

这一决议，对大多数人而言就像希伯来文一样费解，但对法国特定的两千人来说其意义就不同凡响了，他们的名字会出现在八月份的《政府公报》上。这是如此重要，以至于去年，德布雷先生甚至在电视上做了大体的描述。这是葡萄酒协会的决议。对特洛贝先生来说，这一运动简直是战争。

政府为即将来临的葡萄收获期规定了酒的最低和最高价格,大量的酒要投入市场,还有大量的酒要囤积起来以备"坏年头"之需。

稍后,各个省设一个委员会,由省长领导,来规定地方上的价格和级别。这些决定都是基于葡萄收获的情况来定的。对于酒商来说得赶在政府的前头了解收获的葡萄的质量。

之后,一旦决议都通过了,特洛贝就说:

"总是有漏洞。而我们就是要钻这个空子。"

贝罗和所有的法国人一样。每次钻了法律的空子都得意扬扬。他说起下面这个故事的时候,总是他笑得最开心的时候。

故事是这样的:讲的是大战期间他的一位同行。那时每次运货,供货商都要持有已交纳间接税的转运许可证,证上注明了所运的酒的数量,从何地运往何地,从几时到几时。

在德国占领期间,由于煤气发动机发动起来慢得要死,所以写在许可证上的运货期限相对长一些。走私者运货到尼斯，卡车上装着许可证上注明的载重吨数。但有一位秘密乘客。装在笼子里。在前座的底下。一只鸽子。

一只信鸽。当卡车到了目的地，鸽子就被放出来，脚上绑了一个小盒子，装着那珍贵的许可证，于是许可证再次被合法地用来运输第二批相同的货物。

对特洛贝先生来说，诸如此类的念头，只有在法国南方人的头脑中才会产生。

而出生在距此五十公里的这个脑袋就更是青出于蓝。

他呢，做生意精明得很，于是一家很大的公司请他做总经理。当然薪水也可想而知。只是要去就职，就得上巴黎住！对他而言那简直就是移民！

"要是我四十八小时看不到我钟楼上的时间，我会心烦意乱的。每天早上六点，我从家里出发去酒厂，驱车到里斯广场，在梧桐树下玩滚球游戏，和朋友们一起，哪怕什么也不做，这是一种乐趣。

而当我去了巴黎,当我听到六点的钟敲响,我会心里难受的。"

于是,他回答说不行。因为不管他有多忙,里斯广场上的滚球游戏都是特洛贝先生的三钟经——必玩。

一位酒商,要是有人告诉他月亮上是一片葡萄园,他会前往的。特洛贝却不。除开他的小半岛,他决不艳羡他处财富。他的半岛,他的草原。

仔细看看地图,圣特洛贝半岛,每年夏天都挤了三十万人,也是人口密度分布最不均匀的海岸。

为什么?因为葡萄一直长到海边。让房地产公司失望的是,房地产商看好的建豪华大旅店的海边地皮全被葡萄占据,那些资本家想利用的地皮。

幸亏特洛贝·贝罗,还有和他一样的一些人,那些沐浴同一市场的初生牛犊才得以在成熟的葡萄架中间大展身手。到了夜里,得当心,不要压到路上的狐狸。

十九世纪,在巴黎,萨玛丽丹[1]关门前的五分钟,商店的创建人,科尼奥克先生(Cognacq)习惯走出他设在最高一层的办公室。他双肘支在楼梯间的栏杆上,俯下身来闻一闻白天人流留下的充斥在空气中的气味。

"什么也用不着,只要闻闻气味,我就知道我的营业额。"科尼奥克先生说道。

特洛贝·贝罗,他呢,只要在春天看看葡萄园一窝斑鸠雏的数量,看看小狐狸的数量就知道地产上升的价格,在他的半岛上,每年地价都要涨一涨。

秋天,小狐狸都长成了大狐狸,他就打猎。每年,他的一些财大气粗的朋友会约他去他们索洛涅的大猎场打两周的猎。

他去,出于礼貌。

---

[1] 萨玛丽丹(Samaritaine):巴黎塞纳河畔一家历史悠久的大商场。

他在那里打了很多的兔子,更多的是野鸡。没问题。但对他来说,这算不了什么。真正的狩猎,在他看来,应该在丘陵上"设陷阱",在十月份,就像他小的时候那样,周末早上六点起床,当薄薄的雾从霞红的远处升起,在野草莓树和刺柏林间。

当猎场看守人在归途上逮住他,他脖子上正挂着一串的斑鸫和将要做烧烤的小鸟,看守人录下口供,特洛贝呢,只好乖乖付钱。

城里的人讲起此事时说:

"为了那几只小鸟,贝罗可花了一大笔钱呢。"

但这让他觉得有趣。就像他买了"港口的快餐店"一样让他开心。他买快餐店只是为了好任命他那位开最笨重的油罐卡车的司机朋友为"炸土豆伙计"。

要想不成功根本不可能,地处圣特洛贝黄金地段,价格最公道,晚上每平米的夜游客也最多……

坏买卖在特洛贝先生一生中,只有一桩。这买卖做得还颇有规律。二十年来每年都来那么一下子。他有一位六十岁的老母亲。一位怪人。1916

年大战后她成了寡妇,那时小特洛贝才五个月大。这使他被抱给很多人看过。他是一个坏学生。但算术他总是拿满分。

今天她还活着。住在一个偏僻的农庄里。挨着拉玛图艾尔的公路。她引以自豪的是拒绝儿子的任何帮助。

她唯一的收入:每年产100百升的葡萄酒。酒是儿子买的。她完全信得过儿子开的价格。他瞒了她。葡萄酒他的卖出价是每升60—70法郎。而他从他妈妈那里买进的价格却是80—100法郎。

就这样,他给了她20—40万法郎的礼物,她还蒙在鼓里。作为交换,他也向她提出了唯一的一项请求。每周末为他和他的朋友们做饭。没有肥鹅肝,没有鱼子酱,特洛贝妈妈做的就是特洛贝小时候吃过的菜。

罗勒大蒜浓汤,庞巴涅[1],沙丁鱼或烤狼肉,

---

1 庞巴涅(pan-bagna):一种类似三明治的食品。

"野"生菜,那是特洛贝妈妈路边采摘来的,黑橄榄油焖肉。

对特洛贝而言,这比马克西姆餐厅[1]还要好。因为这是他的家。

所以,当人们看到他和朋友们在他妈妈的农庄里吃饭,在桑树下,坐着木头板凳,前面是一张没有铺桌布的桌子,摆着鳀鱼酱面包片或一碟蒜泥蛋黄酱,人们不禁自问:眼前的可是稀有鸟类?

白狼。我们整整一个时代都跟在他的后面跑:幸福的人。他还年轻。他富有。他有好朋友。一位二十岁的漂亮姑娘,莫尼卡,海滨最美的风景之一。他钟情于她。而你们,不管你们多么机灵,你们只在圣特洛贝待上一个月。

而他,他整年都待在那儿。

《星座》,1962 年 8 月

---

[1] 马克西姆餐厅(Maxim's):巴黎知名的高档餐厅。

让-玛丽·达莱 [1]

让-玛丽·达莱给我们讲了三件事：青春，工作的一天，一次几分钟的休克。他用三个部分说这三件事，三部分分配得很均匀。

平等地对待生命中三个不同的、粘连的延续，这种平衡感非常明显，内在的理由也很充分。一位商务办公室的职员，在一天的工作后走出办公室，一起事故在门口候着他，而等他从事故中醒来，二十年的青春已消逝殆尽。然后，青春和已逝的光阴一起坠入事故引起的无休无止的昏迷中。断环重合，不幸在惯有的幸福的梦里冲淡了，梦是休克中常有的，幸福也成了无法原谅的了，就像他想逃避

---

[1] 让-玛丽·达莱（Jean-Marie Dallet）：法国作家，著有《对跖点》《身后一无所有》。

的现实,虽然他漠不关心,但现实是回避不了的,幸福对他而言,已恍若隔世。

让-玛丽·达莱在《对跖点》里完全摆脱了滔滔不绝的叙述、喋喋不休的分析(谁要是一写就是洋洋洒洒几万言,应该说那往往只是流于一种天才的炫耀)。这并不是他的风格。他惊讶地看到他的天才对他竟是如此次要。他的语句并不是因词而造、栖息在词语的层面上的。任何时候它都不用形容词来增色,围着华丽的辞藻转。句子的功能就是叙事,应该一直保持风格。我不会像罗兰·巴特那样说:词语,在这里都是"简单的"或"空洞的",它们尤其不可能是支配者,是看不见的。只有句子在行动。

它在何处行动?它将走向何方,一种跳跃,在真实的幸福之中?叙述是在现代、当代的文学广度上展开的。这里涉及的是我们大家所谈论的创造性阅读,有两个声音,作者的和读者的,两者是相当的,所有人都能理解(这让我们感到幸福)。一点雕琢的痕迹都没有。也没有那份冷漠,作品倒是寻找消除冷漠的途径呢,用的是平实、简单的句子。

一种热情把你引向这位作者,是他给了你们自由阅读的空间。他无憾地走出了宏篇大论。他的书没有任何雕砌的痕迹。如果说他想让评论界把他视为一位"新手",他对此只会感到沾沾自喜。这倒是真的。

为让-玛丽·达莱《对跕点》
(瑟伊出版社)写的序,1968年

巴士底狱的裸体男子

街垒战第二夜的翌日，1968年5月25日，下午5点，在拉居埃街附近，里昂大街上，走来一位裸体男子，一丝不挂。

人群让开了，僵住不动了。

男子朝着巴士底狱走去。静静地，他踏过街垒战后，催泪瓦斯黏糊糊的灰烬。

一些梧桐树被砍倒了。一些招牌也被摘掉了。他不看，什么也不看。他继续走，朝巴士底狱走去。

一位目击者说："没有人笑，也许是因为他英俊。"

没有人打电话报警。

人群反而让开了。大家都注视着他。

一位目击者说:"他约摸二十五到二十八岁,金发,蓝眼睛,浑身晒成古铜色,就好像他一直都是光着身子在外面游荡。"

他是哪一个圈子里的人,人们已无从知晓了。所有的表征都消失了,不妨这么说。他无视一切,他的目光直视大街。他步履均匀地走着,没有一丝倦怠。这样一种行走的幸福,自由地,光着身子,他已经超越了。他甚至摆脱了幸福。

一位目击者说:"他健壮,像个天使。他的性器,人们根本就不会在意。他是一位超越了性别的人。他是自然人。这个从混乱中来的人,是那么自然。正是这显得光彩夺目。"

此后,大家还知道些什么呢?

该知道的很快就知道了,就在当天晚上。

这位男子在自己家里放了一把火。一确定他的财产、证件、房子都统统烧光以后,他出了门。他走到外面,以全新的样子,身无寸缕。

他走了将近有六百米,当一辆"巡逻"警车迎面碰上他的时候，他正走到巴士底狱广场的边缘地带。

讲述这个故事的目击者当时在场。他说裸体的男子上了车，没做任何反抗。

我不知道这个题为《巴士底狱的裸体男子》的故事的出处。是谁，又是怎样传到了我的耳中。我在我几年前的手稿中找到了它。手稿应该是我当时参加的"学生—作家委员会"的一位成员送过来的。在1968年后把它发表出来，我把这当成了自己的一个义务，当1968年的幸福远去，取而代之的是痛苦的反思，就像政治的种种希望一样，我要发表它。

也许经历过1968年5月的人尚记得这一短短几分钟的片断，我要特别指出的是，在经过修改的文章里：5月24日被改成了5月25日。

《自私者》，1992年

雅尼娜·尼埃普斯[1]

雅尼娜·尼埃普斯的摄影作品我看过很多。每张照片我都要端详良久。照片看过以后，还是不过瘾，于是又拿起来，再看一遍。

所有的照片我都一看再看。我每每都爱不释手。在我写这篇文章之前，我刚刚又重温了一遍。我现在对它们已非常熟悉，也许和它们的作者——雅尼娜·尼埃普斯一样对它们了若指掌。

这些照片都很特别。不管它们的作者自不自觉，这些照片都有丰富的文化蕴涵，"文化"一词如今已有些过时了。雅尼娜·尼埃普斯的照片都朝

1　雅尼娜·尼埃普斯（Janine Niepce，1921—2007）：法国知名摄影师。1946 年成为最早的摄影女记者中的一员，见证了法国文化的大变革。1963 年开始在欧美、印度、加拿大等地游历，创作了很多摄影作品。她的作品充满时代感和法式优雅。

着一个方向，一直有着一份神秘，它无所不包，无处不在：世界上各民族深深的不平等。

雅尼娜·尼埃普斯的这些照片是在法国拍摄的。因为她是法国人。我呢，我看来，它们来自世界各地，它们属于全世界，有着无限的美和真的蕴藏。为什么这些照片都是深奥的，我们不能一下子弄清楚。有的照片我们从来无法穷尽它们的意旨，它们的内涵。相框从来不能框住照片的气韵飞扬。主题也从来不能局限在摄影领域里去思索、衡量。换言之，这里一切都不是刻意的、"安排好"的。

是的，这些照片没有边界，因为它们有政治意味，而它们本身又淳朴天真。所以它们不会过时，它们到处流传。它们总带着一份才气，一份真实，可以说浑然天成，这一天分对自己的力量一无所知。

我不禁要相信，雅尼娜·尼埃普斯在照片中所展现的，是通常摄影作品不入镜头的东西——也许人们不知道如何"捕捉"真实，如何去发现、去拍摄，我也不知道。我所知道的，就是这里涉及的不是美或丑，而是一种"吸引"。雅尼娜·尼埃普斯应该知道她拍摄在这儿、那儿的照片的含义，但这也不能肯定。也许她根本就不给她的作品命名，也许她会用一个非人称的词来命名她的作品，就像 1968 年为了小心和谨慎起见，她把作品命名为《朱西厄》[1]。也许她也不知道是什么把她引向那个画面。事实就是不自觉间，画面突然展现了，无论何地，过节，收获，孩子的轮舞，他们的快乐，1968 年的革命也是一样。

  雅尼娜·尼埃普斯从来不给照片加什么效果。我说她甚至是在避免种种效果，为了捕捉最能打动她、她只能用画面表达的东西。雅尼娜·尼埃普斯总是开门见山，最突出的例子是摄于 1968 年的题为《朱西厄 meeting》的照片，它是我所见过的拍 1968 年的街垒战、街头"集会"拍得最好的照片。这张照片没有相框，没有白边。人们不知道照

---

[1] 朱西厄（Jussieu）：巴黎第七大学的校址所在地，是 1968 年五月风暴运动的中心之一。

片是在哪里拍的,也不知道照片上的那些年轻人是谁,更不知道他们为什么哭泣。人们不知道那天发生了什么让他们痛哭失声。人们只能知道个大概,细节是不可能知道的了。人们不知道这发生在什么时候、什么地方,也不知道是因为什么人被逮捕了呢,还是谁死了或谁受了伤。人们只知道一件事情,他们哭了。这发生在 1968 年。是这些小青年在哭泣。他们无法抑制他们的泪水,他们不能,于是他们放声大哭。这里牵涉的不关乎民族、社会、种族。我把他们都看成我的孩子。是的,我现在还这样看。他们都在一堵白墙的前面,绝望,一堵绝望之墙,有人说他们现在还盯着那堵墙。也许他们刚刚发现那使他们落泪的东西,哭泣的理由就像大海那样涌来,就在拍摄的那一天,那一刻,在那里,靠着墙,就在这一天,一位摄影师路过此地,一位女子。我不能肯定他们是否知道自己被拍进了照片。他们处在 1968 年失败的黑色岁月。他们不相信这居然又发生了。而且还在继续。我,我在他们眼里读到的是，他们为祖国的不公正哭泣。但他们的绝望是匿名的，它来自世纪的深处，这一天，他们孤独地聚在一起，他们第一次尝到绝望。

我再说一次：世界上只有他们在哭泣。只有他们还年轻气盛，只有他们代表那个年代的真相。

我在《朱西厄》这幅照片中看到了人类的进步：那些哭泣的孩子。

这不是一张关于不幸的照片，照片上有的是希望，它证实了我们所寄托的希望，寄托在我们自己孩子身上的希望。

我得说在雅尼娜·尼埃普斯所有的照片中都洋溢着幸福。我又拿起那张在维特里拍摄的《母亲怀中的孩子》：她——母亲出神地看着宅前的院子，那是维特里首批低租金住房。而他，她的孩子，他看着母亲的皮肤，眼睫毛、眼睛，没有遮拦的眼睛、没有遮拦的皮肤。区别在于，他在笑，那是一个微笑，温柔，甜美，他微笑着，而她看着院子，没有发觉他在看她，他的母亲，他那样子就像他在看别的什么：心中的最爱。

　　还有这位河边的女子，她走在一条纤道上，她赶着骡子，她就像是位年轻的皇后。还有索恩河畔夏龙河岸上洗衣的情景，在一个大铜锅里洗，下面烧着木头，孩子们在周围看她干活。也有外面的、政治的生活。生活，个人或集体的，有沙滩上休息的工人，有还在工作的工人，一切都和这帮光屁股的孩子一起笑，无拘无束地笑，要花点时间跳舞、相爱，要看看1955年的家居艺术展，在一大堆东西、物质财富面前，他们的笑就不一样了。是的，欢笑、唱歌、跳舞都要花时间。现在有假期、沙滩、7月14日国庆节。甚至一堆堆麦秸垛都更美了。还有城市、河流和说的话。

　　应该看一看雅尼娜·尼埃普斯的摄影作品。它们把我们引向"真"。

　　　　为雅尼娜·尼埃普斯摄影作品集《法国》
　　　　写的序，南方文献出版社，1992年

历史上的狗

　　电视开着。我把音量关小，小到只听到一点声息。它继续放着，传送着消息。它从来都不是谈话，只是提供信息。它从来都不会绝望。它是总体腐蚀的一部分，就像密特朗借我的房子檐槽上那群啃木头的红蚂蚁一样。在房间的尽头，它在侵蚀。声音，正是它。在某一高度，是孤独的声音。很低，像祈祷，像为死人做的弥撒。就在电视的声响中，我们感悟到生活的存在，生，死，城市的喧闹，还有寂静。人们正在触及一种很具体、活灵活现的绝望。大家都同意。大家都沉默。大家都倦怠。大家都不再写作。我不写了。或者说我不再写作了。我就这样活着。不再做我做的事情。太迟了。搞政治现在是太迟了，所有一切都太迟了。在屋子的尽头,是愚昧,它啃噬着,向着世纪末前进。法国社会党人也许是唯一知道的人,和我们一样,知道一切已晚。他们什么法子都试过了,勒索、背叛、犯罪、告密,什么都干过了,什么用也没有。我谈谈马歇[1]。今天马歇完全绝望了。今天那一堵堵光滑的墙不能传来一点回音。虚空之巅,是马歇垂头丧气。超过了一切。他已经到顶了。他已在精神、信仰崩溃的边缘了,他不动弹了。他看,他听,他什么也不理解,丝毫也不能。在马歇的身边,其他人是幼稚的,朱根[2]和其他一些人。他们不只幼稚,他们还心存疑虑。如果说他们依然寄希望于法国共产党,这只是因为他们不了解,他们不了解曾经的法国共产党,图尔大会[3]的

---

[1] 马歇(Georges Marchais,1920—1997):法国政治家,曾任法国共产党总书记(任期1972—1994)。
[2] 朱根(Pierre Juquin,1930—):法国政治家和工会主义者。
[3] 图尔大会是于1920年12月25—30日召开的大会,标志了法国社会党和法国共产党的分裂。

梦想，那些旧案，机构里涌现的狗[1]，那些年代的狗，总书记处的狗，分书记处的狗，单位的书记处和基层。基层从塞纳-圣德尼区一直延伸到第六区，听的全是狗传达的命令。我也在其中，我那时三十岁。我写作。在马歇破灭了的临终梦想旁边，是右翼四年来为收回他的小租地而生的种种烦恼。法国。右翼，敌人。右翼发现没有必要向左翼政府泼脏水来达到取而代之的目的，因为这样做右翼也决不会有什么光彩，这里有左翼的某种弃权，右翼于是捡了便宜。所以增加了席位的右翼一副苍白的面孔，为辱骂、欺骗感到很不自在，它的做法对外省就是背信弃义。在一个特定的时刻，我想右翼发现没有必要发展到辱骂攻击。而且它会明白，意识到自己的错误可以是一种文化思想活动。我希望它永远都明白辱骂攻击是无济于事的。但右翼什么也没说，什么也没写。它为自己的苍白的脸色感到羞

---

[1] 这里的狗指的是法国共产党中那些盲从分子，夹在领导和基层群众之间的人。

愧。密特朗的政府干过几桩蠢事，里面也很混乱。对此右翼脱不了干系，最终也没什么补救。密特朗的政府是混乱的，这是事实。在希拉克[1]的政府里从未出现过如此明显、如此突出的蠢事和混乱。希拉克的政府运行得很好，很顺利。但慢慢地，他被遗忘了。从现在到夏天，法国部长们的名字就会被忘却。四年来人们没有腻烦。情形不大一样了。不管怎么说法国第一大政党出现了，社会党，且这是在战后右翼最卑劣的运动[2]之后。一个废除了死刑的政党，一个挺身成为法国第一大党的政党，这挺不错。马歇对此做了什么：什么都没有。较之右翼在政治上的小肚鸡肠，我倒更喜欢马歇致命的疯狂。但我还要说：我宁可他死。我还从来没有指望过谁死像指望马歇死来得强烈。巴不得他出门被车轧死。如果马歇上台，我就逃到国外去。如果右翼

---

1 希拉克（Jacques Chirac，1932—2019）：法国政治家，曾任巴黎市长、法国总理和法国总统。
2 是指1968年法国右翼党联合参加司法选举并获取多数票之事。

上台，我虽然厌恶，但我会留下来，我可以说话，我可以像在社会党的政府执政时一样自由，可以说任何人的坏话。要是右翼上台，我知道自己很快就不会再看报纸了。也许就是因为右翼在那儿，带着奇怪的苍白，才使我想说说他，说说马歇。马歇就像是一头在沙漠中嚎叫的野兽，他的演讲不负责任、信口雌黄，但他是真诚的，他相信自己的谎言。而右翼，它并不相信自己的谎言。它知道密特朗遗留下来的是"世纪之重任"，它知道它会找到干净、简洁的屋子的。它说屋子原来是脏的，从诗的角度说，谎言是不分程度的，它在撒谎，仅此而已。从诗的角度来说，马歇并没有撒谎。从政治上说他是一个魔鬼。他有时也说真话，他说社会党害了他。他有过一个伟大的梦想，现在却破灭了，死亡了。这是因为他相信社会主义是可能的，他把它当作了致命的武器，他是一个罪人。他让许多人丧了命，在他之前丧了命。他们差一点也让我丧命。我指出这种错误。对我们而言，世界分为两个部分。有些人犯了错误。也有人没有。在这一点上我并不想展示我自己,你们知道你们想要的东西,你们也知道我对此是无所谓的。你们知道那是我们的秘密,我们的疯狂,我们的事迹。要是这种文化不存在,什么都不会发生。也许最终还是文化一词最能说明这个在各大洲都极有时代特色的、深思熟虑过的梦想。托付给了历史上所有的狗,变得不可抹煞。在密特朗的政府里发生了一些命中决定性的事情,这种事情是无法从头再来,从精神上说太崇高了。诗歌般的梦想,而突然,又合上了。这在法国发生了,在别处也一样会发生。

《另类期刊》/ 周刊,第 6 期,
1986 年 4 月 3—8 日

右翼，死亡

情人和丈夫之间的区别是什么？J.-L. B.[1] 问我。我说我不知道。J.-L. B. 告诉我说：就像白天和黑夜。是的，这回答很精彩，又简洁。但这并不意味着一切。我刚看到密特朗在莫斯科，希拉克在萨塞勒[2]，我不知道这是否算得上电视效应，但这一效应很出彩。密特朗，头脑清醒，敏锐明晰，谈起全球问题用词准确。希拉克呢，俨然一个童子军，满口陈词滥调，还在谈论密特朗，是的，还在谈论勒庞。他说些什么，我不知道。我接下来做的就是离开电视机，开始写这篇文章，我想知道法国人对社会党的怨恨是否依旧，他们是否会在竞选游戏上投

---

1 J.-L. B. 疑为 Jean-Louis Bianco（1943— ）：法国社会党人、政治家。
2 萨塞勒（Sarcelle）：法国瓦勒德瓦兹省城镇，巴黎北部郊区。

右翼的票，选民们应知道，要是右翼上台，他们失去的将会是什么。

在选举运动"私有化之路"的宣传牌前，我的一个朋友总对我说："好了，我亲爱的朋友，您会同意的，不要埋怨我，您会失去我的。"我在这里就要和您谈一谈。如果您执迷不悟，您将发现自己面前的是纸老虎戈丹、帕斯瓜、勒卡努埃，[1] 而且是单独和他们在一起，那时就为时太晚了，您加盟的社会是我们所不想经历的，而您将成为排斥我们的社会的一员。那样的社会没有真正的、深刻的人，没有知识分子，是的，这个词用得没错，没有演员，没有诗人，没有小说家，没有哲学家，没有真正的信徒、真正的天主教徒，没有犹太人，一个没有犹太人的社会，您以为如何？没有阿拉伯人，没有黑人，没有马格里布人，没有几内亚人，没有，就用这个词，国际性，没有智利人，没有中国

---

[1] 戈丹（Gaudin）、帕斯瓜（Pasqua）、勒卡努埃（Lecanuet）三人均为法国右翼政治家。

人,没有柬埔寨人,没有巴勒斯坦人,没有黎巴嫩人,没有阿富汗人,没有尼加拉瓜人,没有阿根廷人,没有巴西人,没有哥伦比亚人,没有一个美国人,没有德国人,没有意大利人,没有波兰人,没有黑非洲,一个区域性的社会,从来不知道外面的世界有多大,它静静地坐在门口,等死。

《世界报》,1985年3月17—18日

寒冷，如腊月

我很想描写这个见鬼的春天，说一说光线是多么晦暗，有几次大白天的居然要开灯。仿佛时空错转，冷得就和寒冬腊月一样，咖啡馆的露天座上冷冷清清。用什么词语才能表达这种内在的和谐：这个被上天抛弃的春天和这个春天发生在陆地上、在海洋上的事情之间的契合？怎样表述这一真理？怎样去说里根[1]轰炸的黎波里[2]并不是因为他是一个疯子、一个傻瓜，而是因为卡扎菲[3]这位"制片商"在三年内导演了七十五次谋杀？怎么告诉人

---

1 里根（Ronald Reagan，1911—2004）：美国政治家。当过演员，1980年和1984年两度当选为美国总统。
2 的黎波里（Tripoli）：利比亚首都。
3 卡扎菲（Kadhafi，1942—2011）：利比亚政治家、军事家、政治理论家。1969年9月发动军事政变，曾任利比亚最高领导人。

们他们在互相欺骗,他们给自己蒙了一层黑色的阴影,就像天空布满乌云,以便按照各自的思想和信念撒谎?该怎么称呼、怎么去说那些同情巴勒斯坦的法国人向来都是和所有的组织、所有的政党分开的,他们从来不会表露自己的身份,就像一名地下共产党员?怎么能随处找到支持巴勒斯坦的法国人,苏联的政策被默许,常常闭口不谈?让尼加拉瓜不要成为捷克斯洛伐克和波兰,古巴已经是了,怎么说呢?也许他们忘了,开始一切都是温情脉脉的,给小孩子牛奶,为他们种痘,所有的人都很高兴,而与此同时,尼加拉瓜的周围竖起了铁一般的围墙——美其名曰革命的——听从莫斯科的命令和奴役?怎么,之后这堵墙就越不过去了呢?难道自由、知识、个性竟成了最大的罪恶了?怎么去诉说开头一切总是像过节,克里姆林宫[1]的特派员亲吻婴儿啦,似乎有那么一种父亲的温情,而最终都由

---

[1] 克里姆林宫在这里指苏联。

沉默代替了,一些杀人不见血的勾当,用口衔、用毛巾堵你的嘴,隔离,古拉格地区[1]?"在俄罗斯,情形难道不比以前好吗?"巴黎的一些年轻朋友问道。这个问题,又叫我如何作答呢?这一见解是基于官方和敌方的观点来"建构对事件的看法"的。什么?机会主义?害怕?不,我弄错了,他们并没有忘记,这些人。牵涉到别的一些问题。这是一种匮乏,他们没有像我们一样经历过刻骨铭心的、艰难困顿的童年岁月。我这里想说的是希望的终结,犹太人,集中营,被背叛了的共产主义。他们颇为怀念灾难,因为他们身上没有不幸的烙印。他们可以心怀爱意去拥抱过去。因为这里涉及的是一种激情,一种过度的宽容,只用于这个矛盾的原因,对那些让我们受罪的人宽容,我们这几代人一直为所经历的岁月动魄惊心,不堪回首,不能言说——得花上四十年时间才能公开这一痛苦。

1　古拉格为苏联的政治犯关押地,在西伯利亚。

我们听到一些所谓的聪明人说,撒切尔夫人为她的美国朋友里根帮腔,就得为黎巴嫩的英国人质之死负责。这一错误观点不仅在电视上有,在报纸上也同样如此。今天早上,电视上应有英国广播公司的记者给法国的同行灌输关于此事的观点。腐朽的时代万岁,腐朽的春天万岁,这和灵魂此时倒是相映成趣。我们能指责撒切尔夫人什么?因为她没有加入戈尔巴乔夫的表演,没有回避?戈尔巴乔夫,他把苏联舰队撤回了"卡萨"[1],一撤完军就叫嚣着要擒凶。我们都注意到了,法国社会党远远地亦步亦趋,用它假假的声音和有节奏感的喝彩声为纠合起来的日耳曼—苏联军队助威。一点顾虑都没有,戈尔巴乔夫已到东柏林,远处,资本主义的大潮已近在咫尺了。

怎么能不笑呢?卡扎菲的超凡入圣,他的纯洁的殉道在电视上看起来让人忽然觉得是一种重现的

---

[1] "卡萨",西班牙语,意为"家",此处指把军队撤回苏联。

天真，怎么去相信这一点呢？他说，如果南欧不再允许美国飞机在它的领空通行，他就不再去轰炸南欧了。没有一句话提到扑通一声巨响掉到海里的地对空导弹，除了那一个偏离了意大利海域三十米的导弹，它击坏了美军的一处无线电发射器。戈尔巴乔夫没有派技术人员去处理此事，一个也没有。到处是"愚比"[1]，在东柏林，在的黎波里，它们都在争这个角色。唯一的好事是戈尔巴乔夫怕卡扎菲和怕里根一样怕得厉害。里根慢吞吞的，很明智。他知道一件事，一直知道，就是卡扎菲是个"疯子"。卡扎菲疯得清醒。对卡扎菲而言，一切都很明确。一天夜里，他又重操旧业，所有的俄式导弹都载上舰队。他说：我们达到了我们的目的。这里头还有和平主义者的哀求、唠叨和伤痛，愚蠢的良知。电视也来瞎凑热闹，它谈论个没完没了："女士们，先生们！"从六点一直到凌晨一点。

---

1 愚比王（Ubu roi）：是法国作家 A. 雅利所写的同名剧本中的人物，残忍、胆怯得可笑。

法国，五千万人口，大多数的政治家、工人、知识分子每天都通过电视台半小时的新闻来了解时事，了解一天中都发生了些什么事情。这些日子真是令人震惊，电视上竟然没有一条真正政治意义上的新闻。有的至多只是些事件的罗列。信息缺失的记录就是，那些试图弥补新闻缺失的所谓客观的纪录片。弗朗索瓦兹·吉鲁[1]是昨天唯一一个敢说西蒙娜·德·波伏瓦是一位"能让人醉心阅读的小说家"的人。除了《女宾》(*L'Invitée*)，我同意。但是我并不同意吉鲁对热内的戏剧的评论。无聊只有在剧院才能达到这种致命的程度，当人们和令人厌烦的事物关在一起的时候。我看萨特、加缪、热内的戏剧时可以足足睡上十年。这也许是因为我对皮托埃夫[2]的戏剧太入迷也太忠诚了，而我已无法再回到这一戏剧中

---

1 弗朗索瓦兹·吉鲁（Françoise Giraud，1916—2003）：法国当代作家、新闻记者。
2 皮托埃夫（Sacha Pitoëff，1920—1990）：俄国出生的导演和演员，在法国以指导演出外国当代戏剧家的剧作闻名。

去了。这有可能。

电视,就是这样。西蒙娜·德·波伏瓦、热内、达索(Dassault)、乌迪诺(Oudinot)、富尔德(Fould)、皮阿·科伦波[1]和彭夏狄埃(Ponchardier),在四天内全都销声匿迹了。还有利比亚。电视已经被淹没了。在这么多令人伤心的新闻面前,人们怎能不头疼?于是就播放一些可笑的电影,像昨晚库克[2]的电影,他的确是辉煌一时,但现在却让人看不下去。于是我换台了,从二台换到五台。幸而还有五台。开始的几个星期我对五台还有些不屑一顾,但我还是看了。但现在我要夸夸几个节目。五台不放电影,代之以大众游戏。我在这里要向斯代夫(Stephen)致敬,他是五项全能

---

1 皮阿·科伦波(Pia Colombo,1934—1986):法国女演员,出演了《游行》《多可爱的战争》。
2 库克(George Cukor,1899—1983):美国犹太裔电影导演,导演了《小妇人》《罗密欧与朱丽叶》《乱世佳人》《费城故事》《窈窕淑女》等知名影片。

冠军，是众多频道年轻的电影演员中最迷人、最有魅力的一个。而那些电影演员却丑态百出，只是为了得到电视剧里一个愚蠢的角色而已。斯代夫呢，他玩的是他的知识而不是钱。昨天他回答了一些关于莫里哀的问题，赚到了两千九百万旧法郎。斯代夫，看他我们能看上几个小时。他就是那个在我们面前的人。那是他所希望的，他喜欢玩。他本身也完全成了游戏的一部分。真是美妙的表演。但请注意，五台这个游戏节目是人人都可以参与的，哪怕长相不佳、相貌平平，他们都能出现在我们的面前。他们受到的待遇也和那些机灵鬼、俊男靓女、万人迷一样。所以这也是一种表演。总让人如痴如醉。而且一直都有三位这么和善的主持人：罗杰·查贝尔[1]、伊丽莎白·道吉曼[2]和狂热的吉罗-

---

1 罗杰·查贝尔（Roger Zabel，1951— ）：法国演员，出演《另一夜》《妹妹》。
2 伊丽莎白·道吉曼（Elisabeth Tordjman，1953— ）：法国女演员、歌手，艺名多萝泰（Dorothée）。

贝特雷[1]。当游戏者赢钱时，他们都打心底里高兴。他们自己也在玩。这真好。没有什么欺骗。要是右翼砸了五台，那么他砸的就是最美好的公众的电视频道，甚至是唯一可接受的、向大众开放的频道。

作为结束，我想再说说此人，雅克·希拉克，也尽量让自己做到客观。这是个说不好话的人。他的话只是说给他的选民听的，他的话并不是向全体法国人说的。他是对某一个阶层说的，这一点相当明显，再清楚不过了。他那么想讨好，以致他都不知道自己说的是什么。

力不从心，在两次选举期间，他发明了不可减免的三十年徒刑，而这个，显然人们不能埋怨他，因为连他自己都完全不知道自己说的是什么。他想取悦那些支持死刑的人，但三十年"终审"性质的徒刑，我想他用的是这个形容词，这比我先前

---

[1] 吉罗–贝特雷（Alain Gillot-Pétré，1950—1999）：法国记者，曾在法国电视二台和一台幽默地播报天气预报十八年。

列举的东西：轰炸、恐慌，甚至最无法让人谅解的扣押人质，包括杀害人质、砍头都要来得严重。但愿雅克·希拉克和朋友们、街上的路人、知识分子谈一谈，而不是只待在他的选民中间，因为那些选民在法国只占少数。可能有人和我一样，告诉他了这些，让他知道他们无法忍受住在存在这种刑罚的国家，他们要反对这一刑罚，他们为此会采取行动，如果要引渡杀人犯，只会让杀人犯逃离法国，逃离这个司法成为世界上最大的罪恶的法兰西。因为这种法律只存在于此。

《另类期刊》/ 周刊，第 9 期，
1986 年 4 月 23—29 日

我

我个人对美国空袭利比亚所持的立场和那些也为《另类期刊》撰稿的同行不同——此外你们也知道从第九期米歇尔·布代尔[1]的社论开始,我的一篇文章《寒冷,如腊月》引起了关注。这一立场也是我和弗朗索瓦·密特朗谈论里根和美国人时所采取的立场。我建议弗朗索瓦·密特朗谈这个话题,因为我真的很想就此和他谈上一谈。我的这篇文章和会谈的文章(在后几期刊登)之所以要分开发表,是因为两者不能摆在一起,让读者在同一个语境里阅读,政治会谈是一方面原因,另一方面还因为某些个人的看法,虽然已被他人接受了,但从

---

[1] 米歇尔·布代尔(Michel Butel):《另类期刊》的主编。

来没有这么唐突、放肆地表达过。

我对的黎波里事件的立场,从道义上和感情上都和他人不同,这原本会让我苦恼,但我没有因此而苦恼。我原本该做些解释,但我没有。这原本会让我害怕的,但我没有害怕。我同意,我知道自己有些残忍有些坏。其他的我就一概不知了。我把"恶的本性"和自己放在一起,我就是这样。和你们不同。瑟拉[1]遇害后,我整整三天都沉浸在仇恨里,想杀人,三天都想着匕首、鲜血,这念头非常自然,一点也不让我厌恶。在利比亚的空袭面前,什么都没有从我身上失去,我很安心,就像某个器官病了,动个手术,把紊乱的循环弄正常了便是了。我不懂什么叫"非暴力",我甚至都不能解释给自己听。一厢情愿的和平,我也不知道该作何

---

1 瑟拉(Michel Seurat, 1947—1986):法国社会学家,法国国家科学研究中心伊斯兰教问题专家。1985 年 5 月 22 日在黎巴嫩战争(1975—1990)中被绑架作为人质,1986 年 3 月 5 日被宣布在被囚地死亡。他的骸骨多年后在贝鲁特南郊被找到,经过 DNA 检测确认,于 2005 年 10 月运送回法国。

理解。我只会做一些悲惨的梦,要么去爱,要么去恨。但我不相信梦境。我写作。让我感动的是我自己。让我想哭的正是我粗暴,是我自己。

《另类期刊》/ 周刊,第 10 期,
1986 年 4 月 30 日—5 月 6 日

关于里根

以下谈到的是里根,是我和弗朗索瓦·密特朗谈话开始时聊到的。

弗朗索瓦·密特朗对我说:对卡扎菲而言,"谁破坏阿拉伯的团结谁就是叛徒"。我回答说:"里根不是阿拉伯人,他成不了叛徒。"情形就是这样,就只有这两句话。

但还有第三句,第四句:那是米歇尔·布代尔替我阐发的。他问我:"这话作何解释,'不是阿拉伯人就做不成叛徒?'"最后,"你加上了一句让人无法相信的话:'里根成不了叛徒,因为他不是阿拉伯人。'"

这样,布代尔就曲解了我的意思,把我回答密特朗的话扭曲成一句很无耻的话,好像只有阿拉伯人才能做叛徒，背叛是阿拉伯人天生的品质似的。居然把我写成那样。他怎么没把我这个卑鄙小人当场从报社扫地出门呢？要么他真这么想，要么他撒了谎。他知道我写的并不是这个意思。面对因曲解而生的对文本的"背叛"，真是让人错愕。自问究竟何故，却是一片茫然。

在布代尔的社论中——社论似乎是想让一部分读者对我的卑劣言辞有更透彻的认识——我被指责支持了美国那可憎可鄙的价值观，我没有答复。我不能对此做出答复。对此我也不感兴趣。对乐观主义没什么可回答的，没有。要是我本能地、不自觉地有这一倾向，它也是向着美国无限的自由的。要是我对政治、诗意的秩序深感兴趣，那就是美国漫长、缓慢、必然的堕落的秩序。我只相信政治的失败。面对它的不是别的，只有我自己。

但我要回答读者叛徒、背叛这两个词的涵义。

我想和密特朗说的是：既然里根是美国人，你怎么能把他当成阿拉伯人事业的叛徒？他可以成为阿拉伯人的敌人，但不能成为他们事业的叛徒。只有当某一事业就是你的事业的时候，你才能背叛这一事业，它成了你身份的一部分。人们只能背叛自己所属的民族，背叛一位友人。但人们不能背叛非本民族、其他民族的事业。

《另类期刊》/ 周刊，第 12 期，1986 年 5 月 14—21 日

写给所有的时代，
写给所有的封斋节[1]

这个被称为"121人宣言"[2]的宣言是很特别的。它是向所有人发布的，不管他持何种政见，只要他是阿尔及利亚战争的同时代人就行。对他来说，宣言既没告诉他任何关于物质利益的事，也没提他在道义上和工资上的合理要求。对于他和他孩子们的状况、职业的前途及大体走向，宣言没有提供情况，一点都没有。

宣言是发给应征入伍或将要入伍的，和亲人、法国部队、家庭、民族闹翻了的法国公民个人的。这种人同样也脱离了国家的关怀，宣言建议他们问

---

[1] 封斋节是宗教传统节日，其间禁止吃肉。这里有借指特殊时期之意。
[2] 1959年，一份由反对阿尔及利亚战争的人士起草的宣言，共有121名法国知识分子签名。

问自己，让他们好好想一想，独自想一想自己的愿望为何。面对这一桩具体的事件，阿尔及利亚人民的解放战争是什么，他的愿望又是什么。

宣言的署名者没有"就战争谈战争"的意思，他们也不会扯到什么别的战争，如 1939 年的战争。不谈。宣言提到的战争不是普通意义上的"战争"，不是和平主义者谈论的战争。这场战争是单个的、具体的、明确的，就像宣言所针对的个人一样。毫无遮拦，在同样毫无遮拦的人面前。

正是因为这一点，宣言是 20 世纪思想史上独一无二的。这就是为什么它的呼吁是无可指摘的，全世界都聆听到了，并被译成了各种语言。

宣言中的不服从的权利并没有命令个人不服从国家。它不发布命令。它不做要求。它不要求个人违逆政府的命令。它只是告诉人们服从与否的种种或明确或模糊的理由。宣言没有让人逃脱两难的斗争、痛苦，人们时刻都面临着自动放弃的危险。

要是有这么一个人，他对自己从来就没下过什么判断，要是他觉得继续服从政府的意志无所谓，要是他认为维持原样、继续杀害那些为国家解放而战的阿尔及利亚人反而更加简单、更加合理，那么宣言就将退出他的生活，对他没有任何意义可言。也许应该注意这一点，宣言上并没有提出避免阿尔及利亚战争的途径，由此人们可以进而说它并没有阻止阿尔及利亚战争的功能。它并没有治安警察的职能。这也正是它的首创，此外，它把"受召"的人摆在最关键的职责——个人的自主权面前。它要求应征的人认清自我，从对自我的认知出发，认识自己的愿望、拒绝和暴力倾向，从而发现它承载的是全人类的命运。

宣言是可怕的，它并不粉饰真相，既不隐瞒要害，也没隐瞒惩戒。一方面它提醒你人是自由的，但另一方面它也毫不掩盖这一事实：要是你想行使这一自由，你所要担的风险会是进监狱，甚至掉脑袋。

让我们震惊的是宣言的作者们没有提及，没

有联想到1914—1918年第一次世界大战期间有17 000名士兵被枪杀,因为他们拒绝继续服从政府的命令。宣言并没有做此联想是因为这里谈及的是另一场战争,再一次,宣言说的不是采用超时空、泛泛而言的方式去谈论什么宗旨,而是针对确切的、形势分明的阿尔及利亚人民的解放战争而发的。

不,对宣言和它所针对的人来说,这还是头一回发生,人们还是头一回谈论不服从权而不会被扣上拒服兵役者或无政府主义者的帽子。这种事还真是第一次发生。

人和人之间、众人和众人之间唯一关键的相互关系就是要永远独立地面对自我,这才是"121人宣言"的唯一参照。

但许多人都对"121人宣言"不甚了了,很多年轻人都未谙宣言诞生时严峻的形势,还有很多人只是听人谈论过它。任何提议,无论出自哪里,尤其当它出自那些对我们而言最重要的政治机构,在我们看来，只有它秉承了"121人宣言"内在的精髓，才有存在的理由。它不会过时，它的涵义保持和它公布的第一天一样。一篇绝对的文本？有可能。针对所有时代、所有斋戒、所有反抗？有可能。

《另类期刊》/ 周刊，第 9 期，1985 年 11 月

真实的缺失

就是昨晚，1985年7月30日晚在电视上说话的那个人给了我说话的渴望。去尝试也说一说。他不对谁说，也不为谁说，那是别的什么，是噩梦的呓语。我们简直无法相信自己的耳朵，我们听到的每一个词、每一个句子，他在这三十年里都说了有上千次了，总是同样的词语，同样的话，小麦、经济、工人——满口最高苏维埃、西伯利亚——我们还以为是戈贝尔[1]的一个问题呢，人权——我还有别的事要做。就这样，在我们面前的这个人已经山穷水尽了，他就是戈尔巴乔夫。他坐在演播台上，在我们面前，变化很大，老态龙钟的，派不上用场

---

[1] 戈贝尔（Goebbels，1897—1945）：德国政治家，曾任纳粹政府宣传部长，1945年与家人一起自杀。

了,他那出了名的魅力当场就消逝殆尽了。随着提问的展开(法国的记者真棒,尤其是穆鲁齐[1]),我们看到他神情变了,面红耳赤,愤怒,发火,最后眼光涣散。于是我们又认出了惯常的他。在这一点上我们怎么会弄错呢?此人,他曾是布拉格、华沙、喀布尔[2]的凶手,是人类的死敌,他不正梦想着一个欧洲阿富汗吗?他收不了手,就像吸血鬼受不了血的诱惑。

我想说这个话题,然后再说说更早些的旧事。开始我还不知道要说什么,现在我知道了。谈谈绿色和平事件[3]。绿色和平事件让很多人都有说话的热望。我想和法国的政府成员谈一谈此事件。在做

---

1 穆鲁齐(Yves Mourousi,1942—1998):法国电台和电视台记者。
2 布拉格、华沙、喀布尔分别为捷克、波兰、阿富汗的首都,影射苏联对这三个国家的政治干涉。
3 绿色和平组织是生态主义者和和平主义者于1971年发起的一项运动,1985年7月10日,绿色和平组织的"彩虹勇士"号旗舰在新西兰的港口被炸,一名葡萄牙籍摄影师罹难。该船是绿色和平组织派往穆鲁罗瓦珊瑚岛去反对法国进行计划中的核试验的。经调查,肇事者是法国海外安全总局的特工。

之前我犹豫了好久，现在我终于做了。不应该害怕讲出自己的想法，但谁都怕这样做。人们沉默，人们回避真话，我们绕过了它，好像真话是次要的，关键还是要采取一些反对措施，去惩罚。这可不是小事。而绿色和平事件就是这样。撤埃尔纽[1]的职，却只字未提他被撤职的原委。同样撤了拉克斯特（Lacoste）的职。好像希望埃尔纽干了什么，出点什么差错，不配得到全国普遍的同情，但他的确什么错都没有，绝对没有，没有什么能玷污全法国普遍的同情。他们这么做似乎根本不知道民众——人们需要真话就像需要吃的、喝的一样。没有什么比这种遮遮掩掩更严重的，或是说最严重、最离谱的事，就是对事实的隐瞒。因为避而不答掩盖的是一个不名誉的真相。

我想开始的时候，人们撒的都是些小谎，政府里所有的人都撒这种小谎，以至于到头来撒谎竟

---

[1] 埃尔纽（Eugène Charles Hernu，1923—1990）：原法国国防部长，1985年因绿色和平沉船事件辞职。

成了一种官方的言行举止。然而，把真相说出来，不管它多么可怕——牵扯出来的必定是一桩肮脏却常见的勾当，对说出真相的人来说总是有益的。我很希望有机会和密特朗直接谈一谈这一切。但我认为，因为他周围那一帮人幼稚的谨慎，他不会接受我的建议的。不过，把这一肮脏的事件讲出来，我一点也不会危害到密特朗，我对此深信不疑，对他有的只会是好处。密特朗，我认为他应该马上并公开出来讲话，就像当年肯尼迪[1]，他承认中央情报局在猪湾[2]登陆反对卡斯特罗[3]的统治。只要求知道事件发生的真相是不够的。存在与此平行的疏漏，互相矛盾的真相，在相关部门影响下，新闻媒介往往把资料弄得非常暧昧。由此我们可以说，几个星

---

1 肯尼迪（Kennedy, 1917—1963）：美国第三十五届总统，在达拉斯市遭暗杀而死。
2 指"猪湾事件"，1961年4月17日，在中央情报局的协助下，逃亡美国的古巴人在古巴西南海岸猪湾向卡斯特罗领导的古巴革命政府发动了一次失败的入侵，标志着美国反古巴行动的第一个高峰。
3 卡斯特罗（Fidel Castro, 1926—2016）：古巴革命的领导人，古巴共产党总书记，被誉为"古巴国父"。

期以来，法国都是由媒体统治的。这一次，法国在《世界报》的号令之下过了一个月了。夏尔·埃尔纽是被《世界报》解了职。

媒体也撒谎。当消息贫乏如沙漠的时候，最小的一点信息就会让人们惊慌不已。不过，仔细想一想，媒体在此事件上根本就没有提供什么关键信息，没有哪一样是我们猜不到或尚未知晓的。媒体对真正的新闻一无所知。就像它平时干的，拼命卖新闻，而不是缄口不语。不论对什么都刨根究底，扭曲形势，竟然颇为畅销。有人对我说，以前有几家报纸的负责人是不会这么干的，我真的很乐意相信。很明显，事情不能就这么搁着，悬而未决，在是非之间摇摆，淹没在人所敬重的沉默之中。敬重什么？我不知道。是的，我想在对待这起绿色和平事件的态度上，媒体和右翼一样，它和右翼一样在抹黑——当然它没有右翼那么严重，没右翼那么喋喋不休，也不像它那样无聊透顶，但它和右翼一样不诚实。我想到那位遇害的年轻摄影师。当然，无论在什么情形下，人们都不会希望他死的，绝对不会。只是一起事故罢了。但他们把他的意外身亡和沉船事件当成一回事了。为的是要把事态推到悲怆的境地。我想插句题外话，我们中间有很多人都认为，突击部队的士兵接到命令对绿色和平要先下手为强，在没有别的说明时，他们以为让他们做的就是用他们认为有效的方式制止绿色和平行动。当人们热衷战争和权力时，只要一有风吹草动就能让他们狂热，走极端。这些士兵很可能会以为他们只是履行职责，制止绿色和平组织去做他们认为是犯罪的事，要知道那艘船是要去阻止法国在太平洋上进行核试验的，也就是说，是要阻止法国自卫。无法想象绿色和平组织是怎么想的，不可能用他们的视角去看世界，即把世界看成诸多诚实国家的组合体。这也是闻所未闻的。但对这一点我完全相信自己的眼光，把我内心深处的想法说出来：绿色和平组织的行事俨然就是把咋晚在法国电视上见到的这位官方骗子当作一个普普通通的合伙人，好像苏维埃俄国不是从头到脚、从里到外都建立在谎言之上似的。从这一点上看，它丢弃了真相，带着头上的窟窿，因真相的缺失形成的窟窿，领导着两亿五千万人。所以我说绿色和平组织撒了谎。绿色和平组织知道在当前的国际环境下和平主义是一桩实实在在的罪。我并不想为绿色和平的沉船事件作辩护，什么都不能为这一暴行作辩护。我想说的是，如果绿色和平组织坚持要保护地球，如果它真的做到了，一切都将为时太晚，到那时，我们看到的将是暗地里隐藏了三十年的苏联兵工厂。我听过一些和列宁所发的类似的谬论，什么非友即敌之类，我也听过法国共产党的话，它的梦想和俄罗斯的倒是殊途同归。不应该处处小心翼翼，把和这位在电视上说话的人相反的话说出来，不要顾忌。总之今天我会在窗户上挂上黑床单。

我以为密特朗本应该马上在电视上讲话的，面对我们，说他之前根本就不知道绿色和平组织的船会被炸沉，法比尤斯[1]也一样，我想他如果不打形势危急这张牌的话，原本也可以选择上电视，说出真相，即他和密特朗都不知道发生了什么，他们被这一突发事件弄懵了。上电视把真相说出来应该是可行的、有益的。那么整个法国将和密特朗、法比尤斯团结成一体，这会是前所未有的。法比尤斯该把他所知道的告诉法国民众，他是被最直接的下属越权、蒙蔽了。不正是这些部门和统治我们的那些人最直接地一起工作？法比尤斯本可以告诉我们这些人不听他指挥，原本可以谈谈他所想到的解决办法。不，政府所做的无非是把这一不幸的事件当成他个人的事，他向来谨慎。我认为这就是他迟迟不出来做解释的根源所在，即使出来解释了，也是遮遮掩掩、含沙射影的，简直让人听了难受。在电视机前，我们根本无话可说。我们说：他们害怕。我们还说：他们想挽回面子罢了。但挽回面子是本

---

[1] 法比尤斯（Laurant Fabius，1946— ）：法国政治家、社会党人，"彩虹勇士"号被炸沉时任法国总理。

世纪初政府的一条古老公设,这样做的结果就是:即使一切都丢了,名誉还是保全了。不过,这次事件中失去的是什么呢?失去的是船上的那位年轻人的生命,人们以为船是空的。当吉斯卡尔[1]拒绝谈论博卡萨[2]时,他的确是保住了颜面,是的。但这一次,谁也没有处在要挽回什么类似的东西的情境之中。

四年来,法国由一批最诚实、最聪明的人领导着,这是它从没想到过的。在我们的政府里面,看到的都是共和国历史上最明智的男男女女。那么,为什么他们干得——用一个词来形容——如此拙劣呢?是搭错了哪根神经,使得他们沿用了那些失败者特有的政治举措?也许权力的行使会损害灵智的才具,以致真诚只保留在私人领域?我很愿意相信

---

[1] 吉斯卡尔·德斯坦(Giscard d'Estaing, 1926—2020):法国政治家,1974—1981 年任法国总统。
[2] 博卡萨(Jean-Bédel Bokassa, 1921—1996):中非政治家,1966 年元旦发动政变登上中非共和国总统宝座,1976 年称帝,自己加冕为"博卡萨一世",1979 年被推翻。

这一点。我知道密特朗不知道有人要炸沉绿色和平组织的船只,他过去不知道,甚至可能现在还不知道是谁下了这道罪恶的命令。但随后,再迟些时候,当他一旦知道自己一无所知,为什么他不说话呢?为什么所有的话都是零零碎碎、相互矛盾的,所有的声明都漏洞百出?我得告诉您,人们将不再相信您说的话了。社会最恐怖的游戏就是说话的游戏:发生了一件非同寻常的事情,但我不能告诉您它是什么。难道还需要提醒,人们在没有全说实话的时候会被人看出来吗?总会被看穿的,虽然我们从来都不知道是通过什么迹象看出来的。甚至在戏剧中也一样。有一阵子,人们还以为安波[1]将军最终会开口,不过他是说得最少、最回避讲话的人。他所说的已经砍掉的枯枝烂桠应该还不是全部。是否说话就会涉及不名誉的事?在国内,谈国事?我不知道自己是否错得厉害,也许是他们错了?我倒

1　安波(Réné Imbot,1925—2007):法国将军。

是在其他事件上看到了不名誉，和大多数人一样，我不认为承认脆弱是不名誉的，相反，炫耀自己是不可战胜的才是恬不知耻。好吧，我一直都是这么认为的。

这个政府完全避开不名誉。它离之前议会的传统已经太遥远了。所有的人都和我一样清楚，甚至包括叫叫嚷嚷的右翼。不过，政府的透明度在我看来是稍稍有些混浊了。所以这不可能让他们从容地避开所有可能的丑闻。他们缺乏某种东西，而我又找不到恰当的词去形容它，挖掘公民的责任心于我并不容易，我也从来没有把责任心作为自己行动的指南。也许"信任"一词在这里比较合适，社会党人在绿色和平事件中没有给自己足够的信心。我还要补充的是，他们还缺少秩序，他们奇怪地一个"叠"一个说话，前言不搭后语，弄不清谁是谁。他们还少一份冷静，这倒还在其次。

既然我在写这篇文章了，我还想说一件事情，但我不知道该如何把话题引到它上面去。所以我干脆就不拐弯抹角了。这就是：对公众讲话的密特朗和跟朋友独处时讲话的密特朗不是同一个人。我确信他应该用他平时说话的方式去和法国人民说话。他淳朴、直率，这种天性是很难改变的。他爱笑，非常喜欢。他热爱生活，是的，热爱，在面对生活的各个场面的时候，他天生有一份溢于言表的好奇。不过当他向法国人民说话的时候，他自以为不得不拿捏出一副共和国总统的腔调。我想说的就是：人们喜欢日常生活中的您，亲爱的、非常亲爱的弗朗索瓦·密特朗。这就是我想说的，顺带地。

再谈谈绿色和平组织——人们在 M. 波拉克[1]的节目上看到了他们，他们似乎不知道他们让苏维埃俄国占了便宜。当他们被告知这一点时，他们看上去非常惊讶。但人们不能肯定是否他们明白这一点了。

1　波拉克（Michel Polac，1930—2012）：法国导演、作家和演员。

做什么都无法改变这一明摆着的事实,绿色和平组织让苏维埃俄国占了便宜,让它钻了我们时代撒谎的空子。绿色和平组织过去所做的事在我眼里并不乏敬意。我看到那些年轻人乘着橡皮艇,置身于日本捕鲸炮手和鲸鱼之间,在狂热的猎人和猎物之间。我还看到他们把小海豹漆成绿色,让它们的皮毛无法被买卖。这真奇了,绝了。令人难忘。绿色和平组织,这些是我们时代光辉的图景。但这并不妨碍人们不理解他们竟能在世界和平问题上犯错。他们可否知道,今天货真价实的核弹才是和平主义?是广岛的原子弹阻止了其他零星散布在世界各地的核弹的使用?只有广岛才让人们畏惧核战争。这一点是如此明显,我们再说、再重复都觉得多余。绿色和平组织在穆鲁罗瓦环礁[1]的把戏在我看来是拙劣的表演。为什么不去俄国?那里才需要首先除去或隐藏或公开的核弹的引信。还要除去其

---

[1] 穆鲁罗瓦环礁(Mururoa):法属波利尼西亚的岛屿、1966年以来是法国核试验基地。

余核弹的引信，那些更为隐蔽的，藏在麦子底下、深山老林里的核弹，到处散放着，像霍乱一样在一旁觊觎。不过得等其他国家也着手拆除引信才行。不能在熊还没死就算计卖它的皮，得当心别让它反咬你一口。阿富汗还在那里。谎言滋生的谎言将一直延续下去，催泪瓦斯、古拉格政治犯的数目，还有最大的谎，向人民撒的谎。

我不相信绿色和平组织有令人信服的解释。因为要是有，绿色和平组织早就说给我们听了，全世界都在等，等待一切明朗化。我想绿色和平组织只有一个很荒谬的借口。若是站在左翼这一边，就应该懂我说的意思。要是绿色和平组织不知道，那么就没有必要再让它管地球上的事了。

现在，站在左翼的一边又意味着什么呢？这是一种非常宽泛的理解，和一些词：阶级社会，还是这个词，绝对就是这个词——这个自身很怪的概念有关。这就是去看。受苦，总也免不了受苦。想杀人又想废除死刑。已经失败了，知道，知道失败是不可逆转的了。在燃烧过的土地上前进，走得比我们过去任何时候都要远。从来没有承认过自然的全部，气候的不同，财富分布的不同，肤色的不同。奇怪的是，右翼不像左翼那样不信上帝，他们要求有信仰。这或许是因为我们对过去信仰的神奇幻灭：上帝并不遥远。也已经失去了。左翼已失去了所有民众，所有理智，所有血液。

面对世界，左翼现在连一个名字都提不出来了——孟戴斯·法朗士还是"地下身份"——就像莱昂·布鲁姆[1]，就像密特朗——密特朗是法兰西共和国的"地下总统"。这是消亡中的希望的希望，左翼。就是要在这一消亡中建构起希望。在过去的一百八十五年里，左翼就只领导了法国十二年。在本世纪的八十五年里，左翼在台上仅六年之久。就

---

[1] 莱昂·布鲁姆（Léon Blum, 1872—1950）：法国左派政治家和作家。1936—1937当选为人民阵线联合政府首脑，成为法国第一位社会党总理，也是第一位犹太人总理。

是有了这六年,现代法国不能再走老路了。

左翼永远都不会有个人崇拜。身为左翼就是没有领袖。我忘了:我们有非常广博的理解力,它和动物、思想有关,在行星的行列中,和鲸鱼、树木、和空气有关。不能不这么做,无论如何都不行。无法想象右翼老实人平静的眼光,既不能了解他们的思想,又不能了解他们的举止。从来都不可能。就像这个奇妙的幻灭,却使我们向上帝迈进了一步。在自己身后拖着一块绝望之地。是这样,是对绝望的认知。这也是一种流放,放逐于他人或自身的流亡。这也是一种游戏。快乐,强烈的快乐。出发去倾听他人,哪怕他是敌人,也不能不这么做。这既是知又是不知。对无知的认识是走向认知之路的关键。就是要把我现在在这里说的东西说出来,不管有没有东西说,这么做了,就是说了。只有犯错误,一再地犯错之后才能去纠正它。同样只有信过了之后才会不再迷信。是可以杀人并废除死刑。是闭着眼睛都能意识到那巨大的黑色核心里发生的事情，黑色的壳覆盖的是从北太平洋到乌克兰的广袤土地。因为对这一毫无进展的事件的认知并不是右翼的，而是左翼的。对俄国人民的骚动和惶恐的认识，认识到他们在黑色外壳下，被剥夺了思想，这是一种左翼的认识。

瞧，说起来可真不容易，词语难以达意，这是最难以言表的，这也是一个将要来临的词语，只有它才能言说正在消逝又一息尚存的希望。

《另类期刊》，第 8 期，1985 年 10 月

我不相信光荣一词……

我不相信光荣一词是雷蒙·鲁塞尔[1]描述的那种意义。他想说的也许是别的什么东西。此外我还以为雷蒙·鲁塞尔是没有写作过的人。我不知道不写作他都做了什么,反正写作,他没有做过。作者在工作中体会到献祭式的光荣,当我们谈波德莱尔、莫扎特、帕斯卡时即是如此,但从另一方面来说,可能又不是这样了,甚至普鲁斯特远离诗的距离都不是我们所能想象到的。您的调查净是些陈词滥调和过时的推论。说什么呢?不妨说外在的声名总是身后赢的,而不会是在身前。当光荣降临了,它落在某个人的头上,那么他所写、所做,他的作

---

[1] 雷蒙·鲁塞尔(Raymond Roussel,1877—1933):法国作家。

品都已在死亡柱上清算结账了。人被自己所做的事给替代了，所以千方百计地盘算着扬名天下，同样无异于在蚕食自己的生命，了解别人对自己前尘旧事的看法而已。所有的政治家都梦想着自己的葬礼，所有的遗嘱都是对立遗嘱人的死的交代。就在立遗嘱式的程序中产生出了那么多的作者。且说名声和名望之间有着区别，这或许和他的阶层及品质相关。名人总是有意无意让人敬畏，而众望所归之人他的威望不树自立。要说众望所归有什么秘密可言的话，那就是成功。得众望的人也许也受到过猜疑，误入过歧途，被人批评指摘过，但他是受人爱戴的。希拉克大名鼎鼎，但他不得众望。他挖空心思想赢得民心。他不知道靠钻营是得不到民心的。结果，每次的民意调查他都排在最末，在雷蒙·巴尔[1]的后面。在希拉克的名望排行榜上，一切都一目了然。希拉克并非什么善良之辈，这也是有目共

---

1 雷蒙·巴尔（Raymond Barre，1924—2007）：法国经济学家和政治家，曾任法国总理（1976—1981）。

睹的。就像马歇。这些人会撒谎。为博得人心，他们把自己弄得筋疲力尽，却又是徒劳一场，只怪他们的运气不好，两人极其相似，对他们俩的敌意从来都没有缓减过，他们还孜孜不倦地立在政治舞台的中心。可悲，这些权力博物馆里跑龙套的角色！

想要得到光荣的人中常常有一半已经放弃了对它的追求，只是他们自己尚未知道罢了。

弗朗索瓦·密特朗是既得名声又得民心的，他是所有人中最高贵的一个，也是最自然的一个，因为一点小事就能让他高兴，他现在担任的角色也是，这才是最让人赞叹的。他不抱怨，这种人不多，屈指可数，巴丹戴尔[1]、孟戴斯·法朗士和密特朗，他们知道何谓权力的虚名。他的对手们却不知晓，把他们视作普通人，而不是对手。他是玩家密特朗，他多情，他不是地方主义者，他想到的不只是法国，他知道自己肩负着比他本人更伟大的思

---

1 罗贝尔·巴丹戴尔（Robert Badinter, 1928— ）：法国律师，曾任司法部部长，1981年带领法国议会通过废除死刑的议案。

想,也许只是个乌托邦,他对此看得很清楚,但没有理想活着还有什么盼头呢?我从没见过像密特朗那样畏惧死亡又那么勇敢的人。他在抵抗运动中体现出来的英勇真是匪夷所思,当时他的脑袋正被当局悬赏。

我们离死亡的探究远吗?不,从来都离得不远。可以说生命给所有人、切切实实给每个人都提供了成名的机会。而成名的体验是唯一一种患得患失的体验,它使生活荒芜,钱财散尽,让一切水落石出。在这种"灾难"中人们或许觅到了乐趣,但面对老态龙钟的福楼拜,我们也不见得能找到什么乐子。从他的信件入手,福楼拜被彻底地"解剖"了。他苍白,他正在可怕的声名里失却了往日的颜色。

传世的问题并不是真正的问题,它从人还在世的时候就开始了。那些自诩"富贵于我如浮云"的人就是那些最想成名的人。这种成名的诱惑对个人是难以抵挡的,想在活着的时候向他所容身的世界挑战一番,在咽下最后一口气之前快快地做完,这一想法非常普遍。我们在报纸上经常读到一些年轻人组织起来以便更好地实现他们人生的理想。变个体生活为群体生活,这样一来就避开了孤独的悲剧。但就像我们也曾想着要一起死去,可是造物弄人,人人难免一死,但从来都不是一起死,从来不是。我们活着,也从来都不是一起活。不过,我们总可以互相问声好,这才是重要的。

1986 年

毒　品

吸毒者并不是随便哪一个人，某天晚上，在大街上，有人建议他尝尝海洛因，他回答说："为什么不呢，我来试试。"这样的人很傻，犯这种傻也是很常见的。我们多少都认识一些自以为超凡脱俗的人，他们以为很了解自己，宣称在别人身上发生的事绝对不会在他身上重演："我，出车祸？你开什么玩笑！我，绝对不会！"就是这种人才会祸不单行。这就是吸毒者的荒唐和平庸之处。人们往往是因为一个愚不可及的小小举动踏上了吸毒的道路。

这里谈及的原因就是毒品的日益泛滥，年轻一代普遍的焦虑，如果说这种焦虑是新近才有的，我认为是不对的。要是人们的工资很高，要是上帝不是那么高高在上、让人敬畏，毒品早在十九世纪就蔓延开了。宗教臆造出来的地狱从来没有被替代过。

毒品，是人类全面的失败。

人们说，我们从来都无法企及天主教教诲的功效。无论我们发明了什么。依我看，社会不用对它治下的那一群群吸毒者负责。买第一剂毒品的人，除了他所说的理由，还有其他理由让他开始快乐的毁灭之旅。依我看，借助海洛因，他也在探寻上帝，和芸芸众生一样，只是他寻找的是一个属于他个人的上帝，就像所有的神一样。

一个平凡的神，一个实用的神。这就是他通往神圣的路径，他可不想尸布裹身才得道成仙。

人们很快就会在街上杀死那些可怕的人，那些"毒品贩子"，是他们"制造"出了吸毒者。快克[1]的发明是决定性的（一次上瘾）。

---

[1] 快克（crack）全名为可卡因快克，是高纯度可卡因的俗称，因加热吸食时会发出噼啪的响声而得名。

应该想方设法取缔这个毒贩子们的罪恶世界。关于毒品的立法滞后了,较之其他方面的立法远远落后了。所有的镇压都使罪恶变本加厉。甚至一些"毒品贩子"都成了毒品黑道上的英雄人物了。而镇压在任何情形下都会引起恐慌。这为哥伦比亚"猪",哥伦比亚的毒枭们提供了可乘之机,让他们有了生存之道。法律判处那些一度杀人的罪犯终身监禁。但我们无法审判那些害人不计其数的大毒枭。因为受到了镇压,毒品进入了"英雄"的时代,历史上最鼎盛的时代。

《地球》(*Globe*),1989 年 10 月

明天，人类

我们在二台看到的节目《2000年的七大冲击》，展示了世界未来可能的一个走向，但不是唯一的。也许人类正处在电子时代的幼年期，但很快他们就会放任自流，就像长大了的孩子。机器人、电信、信息，这些进步在每一个阶段都是一锤定音的。发明了一个机器人也是一锤定音。事实就是只要有那么一个人发明了机器人，其他人将被剥夺发明机器人的权利。一切似乎都是为了让人们不费力地活着，工作上是如此，日常生活中也一样，这很可怕。

我们看到，在这个节目中，家在变大。但这并不像节目想让我们以为的那样意味着自由，而是一种累赘。在这一切当中，人何时才能独处？独自面对上帝，面对心灵的无限。当人们谈论人类所面对的问题时，总说不好。对个人提出的那些日常的问题，了解他存在的理由，空虚的理由，这才是全人类所面对的最严峻的问题，它们是日常的、确定的、最习见的问题。各人有各人的不幸，各人有各人的烦恼，每个人扪心自问对自身的定义：我在这里做什么？

一切都应朝着让人忘记帕斯卡的理性思维，也就是说不停地和自己作斗争而展开。思想、阅读、旅游、自杀、相爱、建构、解构、毁灭，面对肉体上、精神上的矛盾，对上帝的信任，尤其尤其是什么问题都无法解决，总是总是尝试着，尝试着去解决，这就是问题的所在，所有的情况下唯一的问题，是人类在所有情况下所要面对的问题。

唯一相同的时刻，对所有人、所有时代而言，那就是死亡的时刻。我这样说并不是悲观，而是对人类的一种信任，是绝对的乐观。人们墨守着思考的成规旧矩、伟大而枯燥的思想、关于幸福的政治演说所要求的激情。他们这样做就好像他们光凭人的外表就能评定一个人，我们并不这样看。这种幸福的观念超出了那些人能评说的范围，观念溢出了他们的能力，溢出了所有的逻辑思维，所有的。幸福是无法企及的，异常神秘，玄之又玄。让我们不要再说这个词吧。

小时候，我生活在暹罗边境象山山脉的山脚下。死神笼罩着那些印度—美拉尼西亚人（很多人是有中国血统的柬埔寨人），不论年龄的长幼。每天都有很多孩子死去。人们只是战胜了疟疾，而霍乱和阿米巴痢疾就像阳光一样普照着大地，阳光下，村子里死去的死去，欢笑的欢笑。我脑海里仍然有那些女人和孩子的笑声，当我们穿过村子的时候，这笑声就陪伴着我们。

在欧洲已经没有村落了。有的只是电视。（事实上，1985年夏，电视节目是如此糟糕，以至于很多人又重拾书本。多亏有帕斯卡尔·布勒尼奥[1]这档关于 2000 年的节目,做得很棒。)电视的作用就像除莠剂。它杀死了社会所有的活力。现在,当人们见了面,谈论的总是电视,总是我们看过的节目。没什么大不了的,电视,没什么意思。但人们还是看,和国内其他地方的人一起看,人们在电视机前,在同一时刻聆听着同样的事件。了解世事短长,这倒没什么不好。

我就不能不看电视。有些人就是我这个样子。看电视如同站着睡觉。其实什么也没看进去,只是坐在电视机前面,别的什么事也不干罢了。大白天地看书不免嫌其太早,在巴黎大白天地访亲探友也有点别扭,这是个复杂的问题。而且,探访得提前几个星期就定下来。其次,朋友们他们自己也看电视。

那么,剩下的便是电话了,亏得有了它,夜里才有事做。平日里的朋友这会儿全成了夜里的话

---

[1] 帕斯卡尔·布勒尼奥(Pascale Breugnot):法国知名制片人和作家。

友。可以给他们打电话到凌晨两点。我们已然能说我们的"日子过得不像是在过日子",各人有各人应付应付的招数,就像在二战占领时期一样。互相告诉不用猫罐头肉泥做"春卷"的越南餐馆的地址,水管工、电工、女佣的地址,一些还能看看的书的书名。

剩下的是去看大场面,但谁会去现场看呢?你认识什么人去现场看,有吗?谁去冬季或夏季的赛车场?伊热兰[1]我的钟爱,迪亚娜·杜夫雷斯纳[2]也是我的钟爱,就算她去参加《人道报》的庆典活动,我也不会去现场追星的。

克里斯托[3]设计的披着白色丝绸的新桥[4],是的,我去看了。这悬在水上的拱门,是的,令人感

---

[1] 伊热兰(Jacques Higelin,1940—2018):法国演员、作家、歌手和作曲家。
[2] 迪亚娜·杜夫雷斯纳(Diane Dufresne,1944—):加拿大演员、歌手和作曲家。
[3] 克里斯托·贾瓦契夫(Christo Javacheff,1935—2020):保加利亚籍的美国艺术家,新写实主义、环境艺术、大地艺术的代表作家。
[4] 新桥是巴黎塞纳河上最古老的桥。

叹的东西，丝下的石头，被遮盖的、隐蔽的、忘却的却又真真切切在眼前的美。

我离题了，但没什么大不了的。人们说我从来都是答非所问。这没关系。

要是人们玩游戏，要是他就是那个节目预先指定的人，只需很少的时间就能让他抛弃祖先的文化、文明等坐标体系。这样的人，我并不把他看作一个人，而是把他看成一个新的物种，已经列在千年的历程清单上了。这样一位没有历史深度、扁平、割断了记忆，只知道吃了睡、睡了吃的人是很怪异的。总之，在2000年，2050年，是不会再有失眠了。因此睡梦中将不再有美梦，也不会有噩梦了。

说到底，上帝，我们又能拿他怎样呢？上帝一词开启的是神奇的虚空，从这个人到那个人，这神奇的虚空便是人类的命运，这一个词还要提吗？此刻我们已到达了太阳系中的所有星球，我们知道，那儿到处都是虚空一片。那么，上帝统治的只是空虚，而我们是唯一的意外、唯一的实体吗，抑或他统治的只是人类，他只是一方神圣，谁都将不再信仰他，好像不再去信仰他是可能的。在这一点上，不妨说没有哪个"进步"，没有一个，是可能的。

这就是我所想的。

现在不相信依然是一种信。我们现在对神的不信仰，到2050年再看就像我们今天看待喜马拉雅人的迷信一样。那时你会看到什么样才是全然地不信神，但如何去想象呢？那就是朝露人生里不再繁衍，不再"复制"，夜晚、白天、事物、树木、孩子、女人、激情。因此，或许将不再写作。但，不管怎么说，人们也许就此终结人类这一物种。

随之而来的又会是荒漠和冰川。说到底，这就是所有人都在想的事情，就像1000年那样，想着"末日"。这就是人们召唤和期待着的。人类喜欢活得不好。我想人们喜欢活得不好,活着就是过不好日子。但什么是好好地活,没有人知道。

这个问题总是可以谈一谈的。对此,至少大家都知道我说的是什么。我们这里谈论的并不是附近的小屋,而是我们无论在世界的任何地方都无法承受的东西,没有它,我们就和我们的才华永远地分离了。它没有名字,它也不待在任何地方,它取决于书写和言说,但它沉默,它不被认知,它只是被承受。

才气横溢,就是让天分表露出来,把才华赋予书或画上。就是感受到身外的世界和内心是相通的。

您好,吉巴乌[1],事实上我想到了您。当我讲

---

1 吉巴乌(Jean-Marie Tjibaou,1936—1989):新喀里多尼亚独立运动的领导人,1989年被暗杀身亡。

这些话的时候,我正等着新喀里多尼亚的选举结果,我想跟您说,我爱您。

《晨报》,1985 年 10 月 3 日

胡言乱语

政党、领袖、群众之间的关系。领袖又是另一回事。发生了什么事情，大家都知道。人们从未见过，共和国的总统孤身一人去格勒诺布尔的郊区或圣艾蒂安，去和泥水匠聊天，这让人惊讶不已。我想，这是为了让其他人闲着。

我今天想打电话给他，告诉他有人请我在《晨报》上就这份行将就木的报纸写一篇文章。在我的位置，你会写些什么呢？我几乎能肯定他要说的也就是我要说的。他们应该说他们所想，做他们认为该做的，他们应办一份真正的报纸，批判的、有个性的、坦率的、真诚的，真诚就是不粉饰太平，这不可能，不能有任何通融。应该站得住、立得稳。

办报纸很不容易。但你们得去办。你们现在不再有什么风险可冒了。你们有的是时间,《晨报》并不会就这么垮掉。如果你们不能办一份二十四个版面的报纸,那就办一份只有两个版面的报纸吧。但要把报纸办下去。就做两页的传单吧,之后把它当报纸卖掉。我是门外汉,我想现在还有一样可以搏一搏,就是未来的选举,这只有你们才能玩得转。

只有《晨报》在这一形势下看得最分明,因为它已没有什么可以再失去了。当没有什么可以再失去的时候,是写文章的最佳时机。是最好的条件。所有的作家都是如此。作家之所以写作是因为他已经再没有什么可失去了。即使一位记者害怕自己不能在别处觅职,他也应该说他的所思所想,无论在什么时候,哪怕要冒险。如果我们只从薪水、日常生活、明天的出路出发看问题,那么我们什么都说不了。不可能说什么。我们什么也干不成。应该让《晨报》的特约记者们采取立场,他们没什么风险可担。

我讨厌政治,所以当我拿起一张报纸的时候,我会觉得厌烦。我最终都没能在任何报纸上找到对政治的深刻剖析。但有些话还是说了,号召也号召过了,但用音乐的行话来说就是"不着调"。

我就喜欢这样说话,胡言乱语地。社会新闻是入不了报纸的法眼的,这也没什么不好。只是在社会新闻被粉饰过以后,社会新闻才变糟糕了。应该把它们吃透了,社会新闻,就是要让它们没遮没拦。这就是我所做的。社会新闻还好处理,政治新闻就难办了。人们全然不知所措。所有人都面对已泛滥成灾的新闻,人们似乎在等待什么东西得到确认。现在显露得最明显的,可以说,是一种"溃败",不妨用这个词形容,自雷奥塔尔[1]的"创举"

---

1 雷奥塔尔(François Léotard, 1942—):当时任法国文化部部长,是他在国民议会上宣布法国电视一台私有化改革。

开始直到科西嘉岛上的一幕……让人痛心疾首。我们一点也不知道事情是怎样发展到这一步的。法国电视一台的私营化是没道理的，完全没有。完全没有意义。它原本是一个广受观众欢迎的频道，生机勃勃的。雷奥塔尔让它垮了，就像是装铁腕，要秀他的肌肉。这一点都不好。让人恶心。我对你们说的一切可以全摆到报上去，也许就应该这么摆上去。

没有不自由的新闻业，这不存在。这一点，现在，公众知道了，他们很快就知道了。我看到了，在《晨报》上，我。我痛苦……还有一个主题，就是密特朗的政治生涯，他在七年的任期里并不是没干过蠢事，没犯过大的过失。你们为什么一次都没说过左翼社会党管理机构上的失误呢？

左翼社会党是没有自己的机关报的团体，因为《晨报》不是左翼社会党的机关报，我希望它永远都不是。

要是左翼有一份自己的报纸，它也不会是《晨报》，左翼对它没抱什么指望，这一现象颇为复杂，和报业无关。左翼涣散了，因为它没有了自己的领袖，他离它太远了，不仅如此，还因为它没有自己的报纸，人们想让《晨报》成为它的财产，左翼的财产，这就是问题的所在。这是一个三角问题。人们希望有一个不同于我们的政党存在，这个政党就在那里监督我们，而我们的报纸又不是它的机关报，这样说清楚吗？从这里入手，我们就能说了。

我呢，我想有那么一份报纸可以成为左翼的报纸，但它不是法国社会党的报纸。我们不是为某一个政党办报。我们不属于某一个政党。我们想知道却又不知道的东西真是可怕。

这些东西在哪儿都看不到。正因为这个，我才看重《晨报》。我并不是总看《晨报》的，我感到有点尴尬，我看《解放报》，尤其是看《世界报》，《解放报》看得少些。

一份报纸如果不自由，不能谈法比尤斯，比如，说他犯了一些错误，那它是绝对不能拥有足够维持报纸办下去的读者量的。这位法国社会党的人物，他让我感兴趣的就是他一方面诚信，负责，同时又朝三暮四，反应迟钝，法比尤斯常常就是这样，我说得少，是为了把最坏的说出来。但我要补充一句，他是负责到底的人。而目前他所面对的政府却是一个不负责任的政府。不负责任，也就是说不能约束自己的行为，不知道自己举止的意义，它的后果。最明显的画面，就是孩子们罢工期间帕斯瓜的形象。

他们不知道他们这样做是便宜了右翼。尽管他们没有一人是右翼分子。这很可怕，这一情形也很令人担忧。谁也没谈过这一方面的事。他们会在这一方面犯错误的，他们会堕落到去杀人放火。

认识这一点会让他们感到羞愧。政府真的就像是幽灵，沾了血腥又扬扬自得。有点像一个傻子。我以为用不着费很多气力，就能使他们永远地踏上不归路。而那不大的气力，我想一份报纸就够了。他们需要的是一份报纸。但我害怕你们会把它办砸了。一份用热情、用机智、用真诚把左翼团结起来的报纸。不玩任何把戏。

报纸的日常运作会产生出一些围墙，划出些明确或不明确，但人们能感觉到的疆界。你们是不会去逾越的。但应该说你们所想，要有个性，从来就是这么回事，而这一点非常重要。

看看密特朗吧。再看看希拉克。在那里的是密特朗。希拉克的位置在哪儿呢？我刚才讲过的一切，我可以白纸黑字地把它写下来。我想我是唯一在《另类期刊》上把自己对"彩虹勇士"事件[1]以及对戈尔巴乔夫来访的想法说出来的人。

把《晨报》和法国社会党视为一体是不对的。当左翼的某一个成员在《晨报》上说了他的想法，

1　"彩虹勇士"事件即"绿色和平"沉船事件，详见本书《真实的缺失》一文的相关脚注。

左翼就会让他冷静冷静,不要随便议论。左翼的报纸应该是为一个自由的人办的。我呢,当我这么说的时候,我一点也不觉得是对法国社会党的背叛,恰恰相反。

根本就不需要监督,不需要审查,不需要理会谨小慎微的同行的电话:"把稿纸上的第四行去掉。"《解放报》和《世界报》都是自由的报纸。朱利[1]总是爱写什么就写什么。

我们今天或许能碰上在小马利克[2]遇害现场的年轻人。密特朗曾给他写过信,给他打过电话,去过香榭丽舍大街,他们交谈了有两个小时之久。密特朗告诉我说那简直有意思极了,这个人原本是右翼分子,出生在圣马洛,他在一刻钟内就动摇了,

---

1　塞尔吉·朱利(Serge July,1942—):《解放报》的创始人之一,后任该报董事长。
2　马利克(Malik Oussekine,1964—1986):法国巴黎的一名大学生,1986年12月5日午夜从一家爵士乐俱乐部出来,被错当成反对"德瓦盖法"参加游行示威的学生而受到警察追捕,随后被殴打致死。

观念全变了。应该披露此事,三天后,杜拉斯也要去看这位马利克之死唯一的目击者。应该事先就把消息散布出去。

要是我是文化栏目的主编?博物馆都多得让人腻味了。奥赛新开张的博物馆[1],我还没去过,但我知道里头有些什么玩意儿,我担心没什么大不了的,或许只是为了摆出来让人看吧。有人告诉我说那里的一切都一般般的。

那么体育呢?它简直是蔓延到了各个领域,但这也是需要的,它使人体魄俊美……不瞒你们说,我谈网球谈得很不错。

文学批评?我甚至都不能去想自己成为图书副刊的负责人,我不能考虑去做。因为我非常爱书

---

[1] 奥塞博物馆,建于 1986 年,原来是奥塞火车站,位于塞纳河左岸,杜伊勒利宫的对面。主要收藏 1848—1905 年间的艺术品。

以至于我不能胜任。我不客观。

综艺？这对我来说为时已晚。有时我也听到一些震撼人心的事，但已和我不相干了。我喜欢布吉乌吉[1]。我觉得摇滚乐不能算是完全自足存在的音乐。我喜欢伊热兰、苏雄[2]，也喜欢萨尔杜[3]。萨尔杜是一个性感问题，我觉得他很性感。要是让我谈谈歌手我会谈他们的某种共同的悲剧意味。这是演艺圈可悲的一面。在萨尔杜身上能看到很残酷的一点。他现在该有四十几岁了，因为他只谈论死亡，通常人们在这个年龄才开始谈论死亡，然后，然后，人们就撒手去了……我很喜欢牧羊人组合……

伊热兰，是一位悲情歌手，他的搭档，让人赞叹的加拿大女歌手，天才的杜夫雷斯纳。伊热兰

---

1 布吉乌吉（bougie-woogie）：一种跨素的布鲁斯钢琴风格，对爵士钢琴有很大影响，经常用"滚奏"来体现它的特征。
2 苏雄（Alain Souhon, 1944—）：法国歌手、作曲家、演员。
3 萨尔杜（Michel Sardou, 1947—）：法国歌手、词作家、演员。

和杜夫雷斯纳都很可悲。他们是两种不可思议的鸟，有长长的爪子，奇妙的疯狂。

至于摇滚乐，这我可谈不了。因为我压根就不知道它是什么。我想它产生的原因有二，其一是自愿的走样，往往是失败的；其二是自愿的装傻，往往是成功的。要是你们把这些话都刊登出去的话，他们肯定要杀了我。

但有一位天才，洛朗·伍尔兹[1]，唱《玛丽·加朗特》(*Marie Galante*)的歌手。是的，他是天才，是个男人。对了，我倒要借机说一下：我作了三首歌等着有歌手唱。是卡尔罗·达莱西奥[2]作的曲。

舞蹈？我喜欢。很喜欢。我喜欢跳舞就像我喜欢写作一样。我像大家一样发现了它。还有歌剧。这不可思议。但我看到电视上有舞蹈，我会欢

---

1 洛朗·伍尔兹（Laurent Voulzy, 1948— ）：法国歌手，唱作俱佳。
2 卡尔罗·达莱西奥（Carlo d'Alessio, 1935—1992）：原籍阿根廷的法国作曲家，风格独特，是杜拉斯戏剧和电影的专门作曲家。

呼，是的，我欢呼。谁看过为达喀尔的文化馆落成这一难忘的事件而播放的卡洛琳·卡尔森[1]的芭蕾舞？甚至没用采光板，就用了光秃秃的灯泡……勉强能看到舞台上发生的一切。那是一个十二个人的芭蕾舞，我以为，踩着几何花样的、有节奏的舞步。真是令人难忘。人们没有在巴黎再次看到这样的表演。皮娜·鲍什[2]一样也妙不可言。我不说了。没有篇幅了。文化应该借鉴一下在圣日尔曼德普雷广场上发生的新鲜事，三天来，那里出现了一个农场，还有一头奶牛，就拴在瓦拉斯（Wallace）喷泉边上，人们给它挤奶，它拥有一小块花圃，两三平方米的草坪。真是个天才的主意，不是吗，因为每天有一万人来这里看农场，看农场是什么样子。一些人弄错了，他们说："这是一个文化展览，给人们看已经消失了的东西。"

---

1 卡洛琳·卡尔森（Carolyn Carlson，1943— ）：原籍芬兰的美国舞蹈家、编舞家。
2 皮娜·鲍什（Pina Bausch，1940— ）：德国舞蹈家、编舞家。

我没能去搂一搂那头奶牛,真是遗憾。这本应该被拍成照片。还有粪便。有一次我凌晨一点回家,一堆堆的粪便在月光下散发着气味。这很有趣。人们以为自己在做梦,我呢,我开始看到屋顶上有白菜……巴黎的名流雅士都被围在双叟咖啡馆[1]的栅栏里面,而在咖啡馆周围,是白菜、粪便、奶牛……

一个奇特的人物,密特朗。因为他什么也不说。他不对任何人说任何事,他做的事,他所有的行踪。他去看伐木工,去看挤奶工,真让人难以置信!他从来就没有这样做过,密特朗。到处做这类参观访问。通常他所做的事都是非常官方的。尽管如此,人们还是不得不到处找他,人们不知道他在哪儿。我很敬爱他,所以我不想说他的坏话。要是我不喜欢他,我会说些什么呢?我永远都不会说这

---

[1] 双叟咖啡馆,也译作"双偶咖啡馆",巴黎圣日尔曼德普雷区一家历史悠久的咖啡馆。

个。正是这样。不，我会讲他有点走过头了。我不知道他自己怎么看。我想到了若斯潘[1]。这些人是怎么看的？啊！可以说，弗朗索瓦·密特朗他很有个性。个性有点太强了。这个词合适吗？

皮埃特·勒庞[2]，这对我并不重要。我对此无所谓。我只是觉得布瓦弗·达沃尔[3]在她身上浪费了一点时间。相信我，这一点意思都没有。媒体都觉得腻味了，因为没有信息……要有的话就是被断章取义的，和真正的信息有距离。

有人说：朱根可能不会留任。他可能要被排挤出共产党了。但我们不知道朱根怎么想。所以，你们应该鼓励鼓励他。这里提出了一个问题。支持

---

1 若斯潘（Lionel Jospin，1937— ）：法国政治家、社会党人，曾任法国总理。
2 皮埃特·勒庞（Pierrette Le Pen）：法国政治家勒庞的妻子，因以裸体示众而声名大噪，后与勒庞离异。
3 布瓦弗·达沃尔（Patrick Poivre d'Arvor，1947— ）：法国记者、作家、电视台知名主持人，在节目中采访过勒庞的妻子。

或不支持他。他的尝试是英勇的。他想从这种该死的唯命是从里走出来……这让人思考！但是因为我们一无所知，因为他们，共产党，只是在自己人中间说说而已。最后，这在年轻人中间引起了一阵骚动。

很多年轻人说共产主义没有死。说到底……尽管做得不好，这种介入对以后来说都是有裨益的。年轻一代。很有意思的情形。这是一样的，我对你们说，什么是目前发生的事情中最有意思的。我自问：他和谁说？他公开和谁说？他和谁说实话？他信任谁？他应该处在难以忍受的孤独之中。可怕的孤独。你看马歇为何许人？那是很残酷的。

和大家想的相反，最值得注意的并不是帕斯瓜。而是朱根。因为后者骨子里有的是一份真正的信仰。

我想稍微讲一讲帕斯瓜的方法。劝诱告密。只要参加过抵抗运动，哪怕像我那样，只是在其他人身边做了很少的一点工作，都受不了他。这不可能。我想到那些已经拿到钱的人，他们都完蛋了。他们将要成为无耻之徒。谁也不要去和他们握手。迟早会有一天，水落石出。这可能就是一个人能做出来的最可怕的事情了。

帕斯瓜，不是勒庞。是个角色……密特朗说他是真诚的。说他是最坦率的。所有人中最坦率的。也许他只是做蠢事的家伙。但至少有一点他做得让人无法接受。移民"列车"[1]，可能只是个口误。他们在抵抗运动中可是同一条战壕里的同志呀。

布依格[2]，是个普通的角色。但它知道苦干。这就够了。人们思量，它在电视上做什么。现在，没有文化便是潮流。这说得没错。我对它的喜爱远

---

[1] 帕斯瓜任内务总理时，曾提出要遣送移民回国，他用"列车"让人联想到纳粹送犹太人进灭绝营的火车。

[2] 布依格（Bouygues），一家法国公共工程和建筑公司，成立于1952年。它还在石油、水运、电力、煤气、传媒等领域发展，尤其是法国电视一台的大股东。

远超出了对埃尔桑[1]的喜爱。真应该让它当全职的文化部部长。

一天,一辆布依格公司的水泥车撞了我儿子的汽车。公司说:不怪它。有人告诉我说要是司机不说是公司的责任,布依格就会给他们一笔奖金。看,就是这么回事,我等了很久,但我还是说出来了。这事情发生在二十年前。我一直无法忘怀。我没有很多钱,但还是花了 50 万。

现在,他知道此事了。所有的私营化,都让我觉得可笑。100 亿法郎中,有 97.5 亿是归三个人、二十个人所有的。而余下的 2.5 亿却归三百万法国人所拥有。真不可思议。

但我们还可以谈谈失业。是致命伤?所有时期它都是致命的,不是吗?人们看到在法国,除了纯粹的钱,已经没有别的什么东西了。失业。人们

---

1 埃尔桑是由罗贝尔·埃尔桑(Robert Hersant, 1920—1996)领导的一个法国传媒集团,控制着很多巴黎和外省的报纸。

首先自视是一个农业国。这就是说一个穷国。比起别的国家或许强一些，但较之德国，就显得穷了。

阿歇特[1]，你们说，推出一份报纸。Omega 计划[2]？我不知道这份报纸上会有什么，但我想它是无法替代《晨报》的，即使《晨报》或许就此消失了，或者被收购者变了性质。

要是你们的报纸万一被收购了，那就应该再创办一份新报纸，就叫它《夜报》。所有伟大的、美好的、坚强的、疯狂的，从爱情到最严肃的决定，都是在夜里产生的。

《晨报》，1987 年 6 月 23 日

1　阿歇特，法国一家出版社。
2　Omega，希腊语二十四个字母的最后一个，有终结之意，此处为"最后的计划"之意。

威尼斯

这是傍晚。最初看到的画面是暮色低垂的天空。半明半暗,如潟湖,有点潮,像是被忧郁打湿了。那是从一个小小的浅颜色栏杆旁看出去所见到的天空——或是透过路边的一扇窗户、一级台阶。在栏杆那里,立着两块白色的石头,两块经历了几个世纪激流冲刷的巨大的鹅卵石。在这些鹅卵石上有一些斑斑驳驳的颜色,淡淡的铁锈红,一点苔藓,但几乎看不出来,一抹柏油,一些根根须须,一些相同的痕迹。我有一种很强烈的感觉,这是一幅特别的作品,既精心又无意。这死亡,这天空,就是威尼斯。我之所以谈这幅油画是因为它是孤零零的,其他的——我把它们叫作"黑色油画"——都是组画,我不会把它们分开个别地去观赏。我看到它很美妙，这给灵魂以遨游的空间，彩色的画布，倾泻下来的光线，简直可以说是光的丝巾，黑色的，并不像旗帜，不是，而是黑色的光束，隐隐有黑色的墨要晕染开来的模样。当地球上再没有一个人。当人们搬到高山的地穴里去住的时候，威尼斯的暮色还将是如此这般。黑色的画面将不会再让人联想到任何地方，除了画家拉凡达克[1]的天才，如歌的色彩，细腻的笔触，和谐，从一个阶段向另一阶段的过渡，正在完成的绘画的电影。"诺弗勒的窗户"，我是这样称呼题为"黑色"的画作的——我觉得有些画就是在诺弗勒堡的房子里开始画的。我知道说诺弗勒堡的窗户还有香波城堡[2]为画家提供了灵感是无稽之谈，但我真是这么想的。

她哪儿都画，不管是活的还是死的，拉凡

---

[1] 拉凡达克（Michèle Laverdac，1947— ）：法国当代女画家。
[2] 法国文艺复兴时期著名的城堡建筑，有440个房间，为卢瓦河城堡之最。

达克。到处都是光线，在拉凡达克的脑海里，它通常是绚烂夺目的。甚至是威尼斯的光线，也在她的脑海中。想象，就是你，拉凡达克，而不是身外的世界。即使你去过威尼斯，你还是会把天空画成你画布上的动荡样子。这就成了原型，外部世界的参照：它是用以排遣画家自身极度的孤独的。你油画的美的所在，或许你自己也不知道，你对此一无所知，你不了解拉凡达克，你自己。

你在一座森林里。但小心，在森林里，你是独自一人。我回到那幅称作"威尼斯"的油画上——我在画中看到的东西，在墙的后面，是一些死物。这让人恐惧。在这幅画上我没有看到"出口"。我每天都在想这幅画。它不朝向任何东西，甚至不接近一种意义，就像是一个新类别的开端，失去意识的类别：不知道自己在做什么，真正想看的是什么，而这就在那里，在这幅油画上。

如果说有什么东西和你的画接近，可以说，恐怕就是音乐了。

> 为米歇尔·拉凡达克的画展
> "延续—断续"作的序
> 冯·梅勒画廊,巴黎,1991 年

韦瑟伦城堡

是詹姆斯·洛德[1]有了要把亨利·詹姆斯[2]的小说《丛林猛兽》(*The Beast in the Jungle*)改编成戏剧的念头。那是在1962年,第一次改编,他请我去一起工作。我的工作主要就是改编文本。改编后的本子首次于1962年9月在雅典娜剧院上演,主演为劳勒·贝龙[3]和让·勒夫雷[4],导演是让·勒夫雷。评论界反响很好。我记得这出戏演了足有几个月,但观众不如1981年4月再次在圣德尼的杰拉尔-菲力浦剧院上演时多,由阿尔弗雷多·罗

---

[1] 詹姆斯·洛德(James Lord,1923—2009):法国电影导演。
[2] 亨利·詹姆斯(Henry James,1843—1916):美国小说家、文学评论家,后入英国籍,意识流小说、现代派小说评论先驱。
[3] 劳勒·贝龙(Loleh Bellon,1925—1999):法国女戏剧演员。
[4] 让·勒夫雷(Jean Leuvrais,1925—2009):法国演员、导演。

德里格斯·阿里亚斯[1]执导,德菲因·塞里格和萨米·弗雷[2]主演。

我想这次詹姆斯·洛德不是很愿意重温对詹姆斯小说的改编了。而且他想把我们1962年合作的改编剧本用到该剧的英文版中。我个人则想再次采用1962年的改编,因为重读的时候我觉得这个剧本还是花了很多心思的。我把这个想法告诉了R.阿里亚斯。他和朋友们来了,面对他们,我做了一个我称为"有声发现阅读"的尝试,即漫谈对一些方面的改编。这次"阅读"被录了音,之后拿给德菲因·塞里格和萨米·弗雷听。阿尔弗雷多·罗德里格斯·阿里亚斯、德菲因·塞里格和萨米·弗雷都达成一致意见,选中了我称之为"说编"的二次改编。

其次,我还取消了一幕场景——在卡特琳

---

[1] 阿尔弗雷多·罗德里格斯·阿里亚斯(Alfredo Rodriguez Arias, 1944—):原籍阿根廷的戏剧导演。
[2] 萨米·弗雷(Sami Frey, 1937—):法国演员。

娜·巴特朗伦敦公寓里的一幕——还有一个人物，卡特琳娜在伦敦的女管家。这做起来简单得很。只要卡特琳娜在剧中提一提，说她从未离开过城堡，直到她的姑姑，女管家去世。我白费了些劲想看看取消了第二幕后的结果会是如何，我根本就没找到什么正经八百的理由要保留这一幕。恰恰相反。说穿了，我老是认为亨利·詹姆斯把这段第二次在伦敦的时间当成外面世事险恶，爱情故事的一个对比，想从中揭示出忠贞，揭示出深刻。不过，就是这一段经历，在我看来，正是她被外界诱惑的时期，与她不管怎么样都永远地保持她孩提时的状态可以说是颇不协调的。

我的选择就是不要把故事搬到伦敦，而是让故事一直都在它发生的韦瑟伦城堡，锁定在城堡里进行。这一场景也是作为卡特琳娜和约翰之间流逝的岁月的见证。

于是我只保留了韦瑟伦城堡。

这出戏有六场。以下就是韦瑟伦城堡从约翰

和卡特琳娜故事开始直到后者去世的六场。就是从这不同的六场出发，罗贝尔多·布拉特[1]为《丛林猛兽》做了令人难忘的布景。

第一场

布景是一连串的沙龙，曲曲折折的，我看到舞台被分成了两部分，错落有致，墙是弧形的，造成的效果就是，人们在这里进进出出就像是出入迷宫一样。舞台中央的屏障是正对着我们的，我们在那些曲折的建筑中看到沙龙的连接砖，小客厅，人们落座、聊天的所在。比如在电影中，摄影机应摆在演播大厅里，即观众席上，我们在远处看那些房间的连接，我想我们也可以在剧院舞台上搞一个这样的布景。人们在看到谁在说话之前很久就听见有人说话，所以布景应该空旷、明亮，我们首先听到远处的声音，之后越来越清晰，最后我们只看到卡

---

[1] 罗贝尔多·布拉特（Robert Plate）：法国舞台美术师。

特琳娜·巴特朗和约翰·马歇的出场——他们俩并不是肩并肩走的。他们俩停下来，他们俩看画，又朝前走，他们从有回纹饰的布景里消失了，之后又重新出来——首先，我们听到不很清晰的对话，然后越来越清楚，最后是完全的显露，但是慢慢进行的，当约翰和卡特琳娜在我们面前停下来，他们俩身上打的光是强光，用的也是近景。隐约听到的话语是演员们说的序幕，是由另外两个人说的。

第二场（和第一场发生在同一天）

黑暗。然后是光线。夜幕降临。还是同样的布景。但窗户上的灯光都熄掉了。布景空荡荡的，舞台静悄悄的。但一些东西变了。比如以中间的回纹饰为轴心可以转动的活动门窗，在挡隔板的中间挂了韦瑟伦侯爵四世的肖像，拥护第一位侯爵，反对王室的专横。那里有几张椅子。我们就听到远处传来的音乐声，我要说的就是这不是一种伴奏，音乐是完全表达出来的。卡特琳娜和约翰是分别到的,所以静悄悄的。他有他的,她也有她的方向。我们听到他的脚步声,之后是她的脚步声,再后来是混在一起的脚步声。音乐戛然而止。他先到。他凝视着肖像。之后她来了,看到他在看侯爵四世的肖像。她很吃惊。但或许她其实没有她所表现的那么吃惊。

第三场

白天。我们一直在画廊里。但现在有一些椅子,一张桥牌桌。画廊变成了房间,卡特琳娜·巴特朗就住在那儿。

她就在那儿,坐着。在她身旁,站着约翰·马歇。光线也不同了。他们穿着冬装。在我们看到他们之前,他们就开始交谈了。

那幅由凡·戴克[1]画的侯爵四世的肖像没有挂

1　凡·戴克(Van Dyck,1599—1641):出生在比利时安特卫普,佛兰德斯画派最伟大的画家之一。

在墙上。

第四场

还是同样的地点。几年过去了。画廊现在俨然已是起居室的模样了。在回纹饰的外面,沿着回纹饰,仿佛一切都变得狭窄了。就该是这样外露的一个地方生活着卡特琳娜·巴特朗。在壁炉前面,房子中间摆了一张供两人喝汤的小桌子。晚上了。帘子都拉上了。点了蜡烛。壁炉里燃着火。过了一会儿,他们进来了。卡特琳娜穿着宴会的裙装,约翰穿着晚礼服。岁月又流逝了,但在他们的脸上看不出来。韦瑟伦所有侯爵的画像又都重现在墙上。

第五场

同样的场景,同样的地点,但有些破败了。人们会想或许是因为布景陈旧了,在演出过程中。一些东西掉在地上,墙上什么也没有了。侯爵四世的肖像在地上，或像一面屏风一样竖在那里。我们知道这是一个纪念晚宴，因为桌子都已摆好了。他们，仿佛都垮了，有点儿像布景。也就是说我们觉察到了故事的结局。饭菜都上好了。就像我说的，有些东西比那些掉下来的东西显露出更多的东西。到处死气沉沉。爱没有得到满足。

第六场

总是韦瑟伦城堡的一个拐角。画又挂在了那里。布景已非常陈旧了。一切都发白了。我心里想着两个方案，我对阿尔弗雷多说：

"要么卡特琳娜不在了，要么相反，她在布景的中央。躺在那儿，非常苍白，行将就木。就像野兽被击中了。"

被约翰·马歇的自恋伤到了痛处。

在这两种情形下她依旧能说话。（除非她是看不见的。一个主意浮现在我的脑海，她在布景后面说话。她在第五场以后就不再露面了。）

家具被搬走了,地毯也卷起来了,就像在初稿中一样,墙上是画挂过的痕迹。我想那时,音乐应该唱主角。在行动之前。约翰来了。他叫着卡特琳娜*。

我总觉得在詹姆斯的文本中突然冒出个女管家有点不自然。这次我觉得她是毫无用处的。甚至不止这些。我发现了詹姆斯切实的忧郁,卡特琳娜的病情又给他添了某种看护的工作,让事情更加扑朔迷离,真相的揭示就是人们所说的约翰对自己的热爱。

我在工作的过程中有一种欲望,有时忍不住想展示约翰·马歇那可怕的天真,近乎病态的幻想者的逃避责任,或者说是不开窍吧。但我发觉这里涉及那些老套的人的思想贫乏,这种贫乏使他们有时竟害死了他人、妻子或孩子,自己却还蒙在鼓里。正是这种普遍存在的贫乏为约翰·马歇脱了罪。

＊在1962年的第一个版本中，约翰到了一个空旷的所在，卡特琳娜出现了。这我倒无所谓，是阿尔弗雷多来做决定——要么她出现在舞台的中心，虚弱，苍白，容颜大改；要么她不露面，她在幕后说话。她回来，但现在先暂时保留吧。她的确是快死的人了。约翰赶紧去扶她坐下，她房间的门自己关上了。

《弓》，第89期，1983年

永远的卡拉斯[1]

只差一个字母,她的名字恰巧是世界上最著名的歌剧院的变位字。它和"斯卡拉"发音也很像,只是顺序略有不同。现在她在世界舞台上已傲立了十四年,无可匹敌,无与伦比,她在各国的大都会引起轰动和争议,被排斥,被憎恶,被喜爱,被捧上了天,一句话,她坚不可摧。因为卡拉斯,不管人们是否乐意,已经成了一架神奇的"发动机",激活了歌剧的戏剧表演,不仅展现了它最强大的魅力,还再次赋予了它青春和活力。

在她那里,歌剧不再只是声乐艺术。她激发了埋藏在歌里的诗意,她唤醒了故事。所有森林

---

[1] 卡拉斯(Maria Callas, 1923—1977):美籍希腊女高音歌唱家,1951年成为斯卡拉歌剧院的台柱子。

里的睡美人都在等她。在卡拉斯出演托斯卡[1]之前，该剧已有七十年没有让人掉过眼泪了。

总的来说，发生的一切就像是1602年的演员在我们——1965年的观众——面前，表演《哈姆雷特》。

她是蛇发女妖，是美杜莎[2]。她也有十九世纪之风，她看起来就像人们心目中玛塔·哈莉[3]、沙拉·伯恩哈特[4]、杜丝[5]的形象。人们说她出自世纪初繁花似锦的风格，她认识邓南遮[6]和普契

---

[1] 托斯卡（Tosca）：普契尼创作的三幕同名歌剧的女主人公。
[2] 美杜莎（Méduce）：希腊神话中的蛇发女妖，被其目光触及者即化为石头。
[3] 玛塔·哈莉（Mata Hari, 1876—1917）："一战"期间最著名的美女间谍，荷兰人。"一战"爆发时她是巴黎著名的舞蹈家。据说她和许多法国和德国军官上过床，成为"一战"期间最著名的双面间谍。1917年她被法国政府以间谍罪处死。
[4] 莎拉·伯恩哈特（Sarah Bernhardt, 1844—1923）：法国女演员，嗓音优美，表情动人，被雨果称为"金嗓子"。
[5] 杜丝（Eléonora Duce, 1858—1924）：意大利女演员，演过易卜生和邓南遮的戏剧。
[6] 邓南遮（D'Annunzio, 1863—1938）：意大利诗人、小说家、戏剧家、记者、政界领袖。

尼[1]。她那炭黑色的脸已过时了。粗犷的线条，深海鱼类般的大嘴，要吞噬生活的无比巨大的嘴巴。她从来不掩饰她的容貌。她是变化最少的一个。她属于她的时代。这份丑陋只属于她，从来也没有像玛琳·黛德丽[2]和碧姬·芭铎[3]那样风靡过。这张脸的秘密在于要在把舞台和乐队隔开的距离以外来欣赏。在耀眼的成排脚灯后面，谁也没有这位丑陋的女子那么美丽。她光彩照人。她的身体？随着她的头、她低沉又悲郁的声音动着，把成千上万的观众引向一种艺术，一种在看到她之前并不知道去热爱的艺术。

也许人们应该通过愤怒、任性，甚至更大的缺点来企及上天赋予的天性，这是功利主义吗？我不认为。这是必需的，和牺牲一样，一场不再是单

---

1 普契尼（Puccini，1858—1924）：意大利著名歌剧作曲家，出身于卢卡的音乐世家。
2 黛德丽（Marlène Dietrich，1904—1992）：原籍德国的美国女演员。1959年，纽约现代艺术博物馆举办了一次"黛德丽电影节"。
3 碧姬·芭铎（Brigitte Bardot，1934— ）：法国女演员。她无视传统道德观念，成了对现实不满的左派的宠儿。

打独斗的战争。"个人"的雄心壮志，当她是卡拉斯的时候，这是她面对我们必须承担的责任。我想她成功的秘密在于，在她的时代到来之前，已经被告知她有把她的艺术——或者说就是艺术——推向巅峰的力量。不虚伪，有母狮子的精力，她把自己的声名建立在另一个深藏在她内心深处的女人的名字之上，今天，我们把她的名字和她当成了一个整体，卡拉斯。

《文学新闻》，1965 年 12 月

布瓦提里城堡

一位年轻女子讲述着她的童年。从她说的故事中我们看到了一些东西：一位欢笑着的小女孩。她在一张大办公桌下做着梦。她画画，画一座传说中的城堡，她写上它的名字：布瓦提里城堡。

在画画的孩子的上面，有一个人。

在孩子的周围，她的目光的上方，她的四周，有一个人。一个影子。从一开始影子就在。有人在看护着孩子。沉默的影子，既遥远又切近的：是父亲。父—王。

阿里埃塔[1]讲述的影子的身份就是一位父亲的身份。

---

1 阿道尔弗·阿里埃塔（Adolfo Arietta，1942— ）：西班牙作家、电影导演。

年轻的女孩和我们说话。她母亲去世了,她向我们解释说,在她出世不久。她是父亲抚养大的。父亲一直没有续弦。鳏居。很多女人到过父亲的房子里,但没有一个留下来的。除了她。她,小女孩。

这位父亲,独自一人,为他的孩子制造幸福,他制造了这种幸福,并掌控它。那是不是说做什么他都允许呢?不。有一条禁令:不许走入布瓦提里的某些地方。父亲的财产多得有如拥有一个世界,她可以占有一切,除了一样:布瓦提里。

小女孩长大了。她和她的年龄相称了。她到了和我们说话的年龄了,一天,某一天,她对我们说,再也没有女人到父亲的房子里去了。甚至她也离开了,之后她又回来,最后永远地离开了。

我们听她说下去。她接着和我们说了一些事情,我们继续看到那些她所讲述的事。她将一直讲到电影结束,面对我们,有规律地出现。她讲的话非常简单,就像听写一样。她看着我们,她告诉我们她不理解她正过着的日子。她离开了我们。于是我们看到了她所讲述的事情：在沉寂的城堡里，她按着父亲的旨意去寻求，共同的命运。

怪事成双地出现，电影故事和她的灵魂，都兼顾到了。同义迭用，在这里同样成了电影的一种结构。

这种同义迭用，"古老的错误"的结果就是顺序的奇妙。故事和形象彼此作用——磁铁互相吸引——作用力是如此之强，以至于如果形象突然缺少了故事，它就会变得毫无意义。

为什么必须采用同义迭用？依我看是因为这是唯一的途径，通过一个特殊看到普遍，没有很特别的故事，随便从一个人的生活，无足轻重的，却看到了普遍的人生，所有人的生活。

就这样，当年轻女子混迹于都市生活，在大街上逛，喝咖啡，找公寓，等等。我们在她说的言语中窥探到——她已离开的父亲的阴影。换言之，年轻女子走在街上，她的思想就像她的血肉一样是肉眼可以看到的。不能说女子的述说是想明示她所行走的城市的模样。恰恰相反，她使它变了形。年轻女子没有改变城市，是城市自己变了样。神奇就在于此：具体的一切，带着它们所有的蕴涵，变得抽象起来了。阿里埃塔的纯叙事在我看来是很严谨的，我以为是难以超越的。

电影的主题？我不知道该怎么说。它"围绕"在父亲的周围，是父亲决定了整个命运。不管父亲实在与否，都很难去称呼他，他和我们大家都相关联，不管我们在简洁的幻灭、理性的天真里隐藏得有多深。

布瓦提里正是代表了那些生活过的日子所无法企及的。它是不可能的坟墓，最初的融合的黄金年代，孤独的夜晚，的确，属于所有神的，无一例外。

救世主的暧昧在此到达了顶点。因为如果说父亲给了孩子所有的，他同时也给了她束缚，从这一点看，他正是原因。他对她说：你将拥有我的一切，包括你本身的不可能，去瓦解你和我之间的关系，认识这种关系的性质。

传道书（L'Ecclésiaste）向上帝抱怨说，上帝给了人永恒的念头却又剥夺了他进入永恒的权利。

年轻女子抱怨一种困惑，她不知道它的性质也不知道它的法则。

在她栖身的城市，爱情向她展现的是一位奇怪的男子，就像父亲，有一种遥远的联系，也和他一样，谈起了布瓦提里。就是在那儿，他之后宣布，在一生中，只有在布瓦提里的沃土上才能生长出情人们结合的根基。就这么简单？不。对禁令的破坏是经过父亲的默许，他的帮助的。是父亲把睡着的孩子抱到——最后旅行的令人钦慕的一幕——并放到另一种人间的爱的箱子里。发生了那事以后，他消失了，为了让自己进入一种"遗忘"。

两种距离，所以，一是使女子远离周围的现实，另外就是使孩子远离她的父亲。两者的距离是一样的。当年轻男子出现时人们以为前一种距离会消失。但他没能做到。当他刚一出现,他就像那座城市一样,离她远去了。数字上的失调在这里是很明显的。年轻女子说她不懂这种距离,而在她周围。正是她创造了距离。

阿里埃塔所采用的材料惊人地不加修饰,透明,空洞,我们不妨这么说。我们什么也没看见,同时又什么都看见了;我们什么都没弄懂,可我们又都意会到了。

乱伦到底意味着什么?因为乱伦存在。我们看到一扇门,打开的门,一个男人进了她所在的房间,我们并没能看到她。在男人的脸上有一种很深的柔情,一种贵族的气质,和行动本身形成了鲜明的对照。我们在明亮的灯光里,就是伴着这灯光,我们看到了电影的那一个时刻,此后,"对孩子而言,一切都褪了颜色"。乱伦在整部影片中渲染得很浓。换了别的导演也许会给我们看可怕的道德,或者，更进一步，给我们看需要超越的禁区。阿里埃塔只用了这有些过时的东西。它向我们展示了乱伦，还有剩下的东西，所有禁止的、令人眩晕的、自然的东西。

对我而言，电影已经很久没有绽放这种光彩了。

》《布瓦提里城堡》，阿道尔弗·阿里埃塔的一部电影，1972 年

翻 译

1987年11月来自阿尔勒[1]的ATLAS[2]的邀请，是我几年来唯一接受的邀请。但我不能成行。10月17日我进了医院，上周才出院。做这么一次旅行，参加一些会议，对我来说还是太劳累了，尽管我并没打算在会上积极参与。

我想借此机会和你们谈谈我对一篇文本的翻译的一两点看法。我原来总以为，现在更加认为一篇用特定的语言翻译的文本是从这一语言中重新产生的。这一点，在所有的情况下都是肯定的。我以为在译本中出现了一些新的神秘的东西。对我而言，《情人》也是一部英国小说、瑞典小说、德国

---

[1] 阿尔勒（Arles）：法国东南部罗讷河口省城市，位于马赛西北。
[2] ATLAS是一个推动文学翻译的协会的首字母缩写。

小说、土耳其小说，等等。一本书不仅仅只是被翻译，它被移植到了另一种语言中去。

我年轻时有那么一段时间，我在课后只读翻译作品。我从来没有要读原版外国小说的欲望，尤其是我热爱的小说。一种语言从来都不会被另一种语言所重叠，这我不信。人们不能把词语、长度重叠，还有它们的意义。大家都知道翻译并不是文本字面上的准确，它或许恰恰需要离得远一点，宁可说它循的是一种音乐的秩序，极度个性化的，如果需要，还可以是异乎寻常的。

这要谈起来是很难的，而有一点是我想做的，那就是尝试着去说：乐感上的错误才是最严重的。

译本总是从某个人的第一次阅读开始的，这种阅读和创作一样极具个性，故而在任何情况下都抹不去译者的痕迹。我们可否称之为一种音乐的翻译？我们只是做了音乐的诠释而已。我们颇遗憾词语的使用仅止于含义。一切就像是音乐被剥夺了意义，而不是文本。在语言转换的过程中难道没有一种对文本的尊重，它反作用于文本的自由，它的呼吸，它的疯狂？

给文学翻译协会的片言只语

阿尔勒，1987 年 11 月

我所做过的最浩大的阅读之一

得有几个月的消沉日子才能让我最终在读了不止五十页的《没有个性的人》(*L'Homme sans qualités*)后继续读完穆齐尔[1]的这部作品。我做到了。我周围认识的人中有那么三四个读完整整两千页的《没有个性的人》。我这里要谈到穆齐尔的就是关于《没有个性的人》的阅读。穆齐尔,就是阅读本身,当人们阅读他的时候,人们有的就是这种感觉。似乎这书不是任何人写的,没有特别的作者,某个郊区或布拉格街区王子旅店的住所,在那儿一切都被摧毁了,全盘的摧毁现在成了一种

---

[1] 穆齐尔(Robert von Musil, 1880—1942):奥地利作家,被认为是两次大战之间最伟大的德语作家之一。《没有个性的人》(1930—1943)是他未完成的三卷代表作,讲述维也纳战前的生活,反映了现实的不确定性。

风格。

可以说，这是我读过的最耗时的阅读之一，而且它是一部相当晦涩的书，读不下去，又有挡不住的诱惑，阅读成了神秘的负担，几乎对大多数读者来说都无法承受，但一旦这种负担承受下来了，阅读就轻松了，从中能体会到一种无与伦比的乐趣。一些烦人的、沉闷的章节一旦读下来以后，你感到的是心驰神往。

穆齐尔，也意味着什么都不理解。这里，只有阅读完成了，书才构建起来，而不是在阅读过程中。阅读普鲁斯特的情形恰恰相反，建构是在阅读过程中完成的，阅读一开始就能找到它的历史，它的斗兽场，它的博物馆。它是完美，它将一直完美下去。普鲁斯特每时每刻都在模仿自我，他从来没有探索过自我以外的空间，他留在他所熟识的天地里，就是普鲁斯特的天地。而穆齐尔是个疯子，他想超越自身的力量。死于文学的人就是穆齐尔一样的人，而决不会是普鲁斯特。普鲁斯特死于自恋直到渎圣的地步。穆齐尔则死于一次都没有、一本书也没有捕捉到欧洲民族自以为拥有各民族和平共处的秘密的可笑的幻灭,所以他错过了得以永恒的机会。这发生在 1914 年。

似乎可以这么说,作家穆齐尔的目的并不仅仅是文学,除了做一位作家以外,还有别的和作家梦一样重要的东西,并不只涉及文学,涉及的似乎和整个的文学都是不相容的,比如历史的真实、某种思想的不确定性——它谈及了欧洲大陆的航空问题、铁矿问题,谈到了对世纪初的散文家的重新审视。穆齐尔也是这样,是一切的尝试,所有人的尝试。

他的外表在我刚提到过的意义上说是很突出的。他有芸芸众生的脑袋,不扎眼,他的脸不容易被记住,他所有的照片都是一副标准的、悲戚的神情。因为穆齐尔写作的目的是无法到达的,不可能企及的，只有疯狂才能进入的境界。这和普鲁斯特的情况很不一样。当我读普鲁斯特的时候，我还年轻，入迷的我往往漏过了字里行间的风云变幻，阅读的快乐尚未变成一个噩梦。我可以用一星期看完《索多姆和高莫尔》(Sodome et Gomorrhe)，却花了四个月看《没有个性的人》。《没有个性的人》的最后几章，也就是我所说的电报告知父亲的死讯的场景之后，又重坠噩梦，看到书在枯竭，而穆齐尔就像一个苦役犯一样，尽力想给它找一个巴尔扎克式的结尾。《没有个性的人》中的安德烈亲王，是虚无之王，乌尔里希[1]，是我们这个时代的英雄，比当代小说提供的英雄形象都更典型。

但我们不会停止去写这个疯子，穆齐尔和我们自身。

---

1 乌尔里希（Ulrich）是长篇小说《没有个性的人》的中心人物，他觉得自己是个没有个性的人，因为他不再把人，而是把物质看作现代现实的中心。

穆齐尔投身写作，但并不像春天，也不像文化，也不像教育，而是像他自己，像他自己的命运，就仿佛所有的人都写作一样。

《文学半月刊》，第 363 期，
1982 年 1 月 16—31 日

读在火车

我夜里看书。我从来都只能在夜里看书。当我还是学生时，我就在夜里看书，不管是周末或是平时。我的这一习惯是因为母亲总是说学习工作之余应该读点书。于是阅读就代替了午觉，之后不久，它又代替了睡眠。但我从来没有用阅读取代写作，枯坐无聊或与某人交谈。我是突然发现这一点的，我从来都不是因为无聊才阅读。我也从来没有听我母亲对我们说：要是你无聊，就看书去吧。

我母亲，她几乎不读书。在她取得教员证书的次日，她就收拾起所有书，把它们送给了她的小妹妹。她说："我一生中从来就没有时间读书。"很快，一切都晚了。她也辞世了，没有阅读，几乎也没有音乐，只活在生活的种种忙碌之中。当我看书的时候，母亲她在睡觉。我枕着自己的辫子看书，在楼梯间，在屋里昏暗又凉爽的地方。就是在那里当她说想死的时候，我哭了。母亲给我们一切自由和随便看什么书的自由，我们就看所有我们能找到的、所拥有的书。她什么也不管，从来都不。

一天，我有一次和阅读有关的经历，着实让我心慌意乱，再也不想有这样的事了。我应该是刚刚旅游回来，可能是意大利，也可能是蓝色海岸，我一点也记不得了。我能记得的就是我得乘一大早就出发的火车，夜里到达巴黎。我的行李很少，无非一个帆布包和一本书而已。书很大，是和七星文库出的样式不同的版本。可以肯定的一件事就是我还没看这本书，而我本应该在假期里看的，既然假期的时候没有看，那我现在就得很快看完，尽快，拖拉不得了。我曾经答应保证按时把书看完并归还，期限就是旅游回来的第二天，要是我不守诺言，以后就别想再借一本书了。我一点也不记得借书给我的人严格的规定有什么意义，我只知道即便这种严格只是装装样子，我还是确信要是我不能如期归还，我肯定别想再有什么书看。我没有钱买书，偷书呢？我又不敢，风险太大了。

火车出发了。我立刻开始阅读那本要命的书的第一行。我接着读。我这一天都不能吃饭了，当火车到达里昂火车站时天色已晚。火车无疑是晚点了，白天过去了。我在白天就把《战争与和平》读了800页，书的一半。这一天的记忆对我简直是难以抹杀。长久以来它都被看成是对阅读的背叛。就是今天想起来，还会让我不自在。在我飞快地阅读此书的时候，有什么东西被牺牲了，好像是另一种阅读，和另一种阅读一样严重的东西。我被书中的故事情节所吸引，而失去了另一种深刻的、没有叙事的白色的阅读，而那原本是托尔斯泰独特的文风。就好像那天我发现一本书包含了写作的两个层面，一是我旅游当天读到的可读层面，另一个是我没有进入的。这一层面是不可读的，人们只能在阅读的乐趣中体味这一层面，就像只有在孩子身上才能看到童年。要说下去就没完没了了，况且也没有说下去的必要。

但我永远也忘不了《战争与和平》。剩下的那一半，我读了没有？我想没有。但好像我全翻过了。我还了书，人们又借给我别的。那留给我的影像就是火车穿过平原，快要死去的、战败的亲王的痛苦在奔涌，他临终的苦楚遍布了整个欧洲。我对托尔斯泰的印象远远没有对自己的背叛的记忆深刻，我从来没有完全认识并喜爱过他。

我阅读是因为匮乏。这种危机感持续了两年。那时我不得不大白天在巴黎大学的图书馆里看书。我心里想公共大图书馆夜里不开放真是谬误。我很少在沙滩上或花园里看书。人们不能同时在两种光线下读书，一是日光，另外是书的光芒。我在电灯下看书，房间在阴影里，只有书页被照亮了。

表面上看，我似乎不在乎怎么读书，读什么书。其实不是的。事实上我总是读那些人们告诉我一定要读的书，那些人要么是朋友，要么是我信得过的读者。我就在这样一个圈子里，从来不会参照文学批评去确定自己应看的书。当我有时候去读关于我读过的书的评论时，我都认不出是自己读过的书了。批评的功能，尤其是书面的、报刊上的，就是扼杀它所评论的书。为了让书不妨碍评论，批评会让书静止，让书沉睡，把书从评论中分离出来，扼杀它，于是书就和书中的故事在阅读时一同死去了。所有的文学批评都是昙花一现，因为没有强迫的阅读。要么就留在文学的角落里。但书死了。人们，从孩提时分开始就被迫读书，知道这是对阅读的异化。这种异化可能会持续整整一生。想到这里很可怕：整个的一生，被禁止的、无法接近的书，就像一件可怕的物品。

有的人只读文学评论，他们从来不读评论涉及的书。他们权当读过那些书了。他们谈论那些书。自己感觉良好。该拿这些人怎么办？我想就由他们这样下去吧，不是吗？

不应该介入，不应该插手各人在阅读中遇到的问题。不必为不读书的孩子难过，对他们失去耐心。这里涉及对阅读的大陆的发现。谁也不必鼓动或激励谁去看看这块大陆的模样。在这个世界上，文化信息已经太多太多了。人们应该独自去这块土地上闯荡。独自去发现。独自面对新生。例如，波德莱尔，人们应该成为第一个去发现辉煌的人。要做第一人。如果我们成不了第一个，我们就永远都成不了波德莱尔的读者。世界上所有的名著都应该让孩子们从公共垃圾场上找出来，背着父母、背着老师偷偷地阅读。有时，看到有人在地铁里聚精会神地看书会让书好卖一些。但这不是指通俗小说。这里，人们对书的性质是不会搞错的。两种类型的书从来都不会摆在同样的橱窗、同样的房子、同样的手中。通俗小说的发行量是几百万册。总是同样的故事框架，五十年来，通俗小说的功能无非就是情色画廊。看过之后，人们随手把它丢在公共场所的椅子上、地铁里，另一些人又捡起来看。这也算阅读？是的，我以为是，他们读他们喜好的，但这的确是阅读，在身外寻找可读的东西，吃掉，变成自己的东西，然后去睡，去做梦，以便明天一早去上班，重新汇入人群，与生俱来的孤独、颓废。

人们说哈雷姆[1]一带的家庭妇女的梦想就是夜里到百老汇[2]或第五街区的大商店读上一个小时她们找到的书，在那里她们文文静静的，在空空的商店里，等天亮回家。这个画面真美妙。遗憾的是它和一切都格格不入。

今年我重读了让-雅克·卢梭的《忏悔录》(*Les Confessions*)，也许没有以前阅读时那么感觉幸福。之后我又一口气读了海明威的七本书，简直欲罢不能，七夜的快乐，不可抑制的快乐。后来我又看了佩皮斯[3]

1　哈雷姆（Herlem）：美国纽约市的一区，位于曼哈顿岛北部。
2　百老汇，纽约贯通曼哈顿区的一条大街，剧院林立，为美国影剧业最大的娱乐中心。
3　佩皮斯（Samuel Pepys，1633—1703）：英国文学家兼海军行政长官，以所写日记闻名。

的《日记》(*Journal*)，这一次完全对他和他所处时代的风俗厌恶之极，一种无法克服的反感。之后我又重看狄德罗和索菲·沃朗[1]，重读 S. 菲茨杰拉德[2]的《夜色温柔》(*Tendre est la nuit*)，我对这位作者总有所保留，虽然新译本非常忠实，这份怀疑依然存在，也许正是因为这份忠实吧。

看连环画也是阅读。真正什么也不能读就是无法把目光停留在作品上，就是努力过很多次，而每次都被作品猛然拒绝，有一些让人担忧的、神秘的原因，无法理解。我认识一个人，他就属于这种类型。他的年龄在 38—45 岁之间，负责几家电影院，他建立起一个巴黎知识分子的圈子，很有"灵气"。他没有什么不正常，除了从来不读书。报纸，是的，他看报纸。报纸是打开的，人们用不着去打开它，文章也

---

[1] 索菲·沃朗（Sophie Volland，1716—1784）：狄德罗情妇，两人有大量书信往来。
[2] 菲茨杰拉德（S. Fitzgerald，1896—1940）：美国小说家，是二十世纪二十年代美国最有代表性的作家。

各自为政，没有开始也无所谓结局。那里，我们怎么看都行，看看或放下，人们每天多少都读一点。所以我的朋友每天都读报纸。他也看看书名，要是书的评论只有三行，那他也会读读。这让他和生活不至于太离谱，在朋友间谈话时也不至于摸不着头脑。当他打开一本书，准备去读时，他的感受可用下面这句话来传神写照："绝对不可能阅读。"不可能重新领悟词语的意义？不是，不如说是不可能从印刷的单词中重新找到人们想置入句子的词语的意义。换言之，就是不可能不通过印象去读一本书？他说可能是这样，这种感受那么强烈，这种禁忌如此强烈，以至于他都无法表达出来。不妨说他是吃了书及阅读的闭门羹。

我得在世纪间穿梭许多次才能发现最让我读得疯狂的时代是法国的十七世纪末。小时候我心仪的是龙沙[1]，和所有十五岁的女孩一样。之后我离

---

[1] 龙沙（Ronsard，1524—1585）：法国诗人，写过很多抒情诗。

他而去。之后我接着阅读，好的，坏的，其他的。到了三十岁时我又坠入了对法国十七世纪的迷恋，我重读了这时期的作品，我找到了昔日读书的体会，心灵的默契。

在那三十年里，我爱读的有两位。他们对我而言，就是一接近他们作品，悲观就在那里，就像卡尔·马克思之后，就认为悲观主义是他们写作的根基，他们的源泉。在贵族的腐化、民风的败坏，在溅了王族尿液的帷幕的阴影下，他们俩各自在发现，发现人的激情，人的伟大、疯狂和广袤。

在她的笔下，全是法国人的名字，全是宫廷中人的名字。他们常常用的。而在他的笔下，都是希腊人名，背景也是，是在罗马统治之下，但这并不重要，重要的是激情是一样的，自由是一样的，他比熟知的历史走得更远，他穿过历代的统治、侵略者的森林、教堂、教会分裂和各个宗派。

他们年纪相仿，几乎是文学双生子。他生

于 1639 年，她生于 1634 年。他死于 1699 年，而她死于 1693 年。她来自外省，名叫玛丽-玛德莱娜·皮奥什，拉法耶特夫人[1]。他是一个弃婴，由波尔罗亚尔修道院[2]的修女们抚养长大，他名叫让·拉辛[3]。她住在圣苏尔皮斯（Saint-Sulpice）——她在那里买了一个农庄，他死在圣日尔曼德普雷修道院附近。我不知道他们俩是否认识。

她着手写《1688—1689 年法国宫廷纪事》（*Mémoires de la Cour de France de 1688-1689*）。就像一篇论文题目。我看到她在人群中，仿佛蒙着面，她最关心的就是不让自己引人注目。他自我孤立。她招待宾客。他写悲剧。他让剧本在剧院上演。她

---

[1] 拉法耶特夫人（La Fayette，1634—1693）：法国女作家，所著《克莱芙王妃》是法国小说的一个里程碑。书中描写了一个贞洁少妇压抑自己对一个青年贵族的感情的悲剧故事。

[2] 波尔罗亚尔修道院（Port-Royal）：法国天主教西多会女子隐修院，也译作皇港隐修院。十七世纪詹森主义和文学活动中心。

[3] 拉辛（Jean Racine，1639—1699）：法国剧作家，以悲剧见长，与高乃依、莫里哀并称为十七世纪最伟大的法国剧作家。

则写一些小书。一些手稿。她接待那些和她谈论国王的人。国王们。欧洲的宫廷。罪恶。下毒。情人。她听到了很多闲话，新闻。她聪慧过人，总能大差不差看破真相，也就是说她编造了一些人们深有同感却没有经历过的事。她选择了做消息从宫廷里传出来时的媒介，同样也回收沸沸扬扬的消息的反馈，来自资产阶级、商人、宫廷女仆、书商、江湖郎中、票贩子、算命人，还有每天都挤在杜伊勒里宫的中间商，他们跟随国王去凡尔赛宫，去朗布伊埃[1]，去卢瓦河地区。就是这时她加入了进去，开始讲述故事。她没有被宫廷接见的荣耀，她对此也不热心。但很多受到宫廷觐见的人都会来拜访她，难道她不正是通过他们了解了宫廷发生的事？尽管受觐见的人往往去了宫廷也看不出个所以然，他们被宫廷乱七八糟的事件淹没了。

1　朗布伊埃（Rambouillet）：法国北部巴黎大区伊夫林省城镇，有皇家别墅，今为法国总统夏宫。

我又想到了我的那位不能读书的朋友。他说："对我来说，黑暗里熟睡的女子身旁有一把闪亮的匕首，我既要看到匕首又要看到女子。"此人是聪明的。他说他是属于图像文化的。在法国和美国，人们在各个领域要求得最多的就是成为它的附属。我的朋友说，这回该轮到我不懂那些词语的涵义了：文明和图像。有几次我平静地坚持说：我说不。我说：开始有人用十个词来叙事，他是史前的，之后有人用成千的词来描述，就像列夫·托尔斯泰，或像拉辛一样用一万个词描述，像莎士比亚一样用两万个词描述，那里什么都没有，没有直接的图像，只有一个描述出来的图像。我和他提起拉辛。我跟他说电影根本就不存在。一天我对他说，雅克·奥蒂贝尔蒂[1]来了我家，非常激动，因为他找到了那个名字的寓意：根[2]。我的朋友笑了。他

---

1 雅克·奥蒂贝尔蒂（Jacques Audiberti，1899—1965）：法国作家，著有《帝国与陷阱》《玩偶》《女房东》等。
2 在法语中，拉辛（Racine）和根（racine）拼写是一样的。

说他在拉辛那里能看到、能猜到，什么都能知道。

我问他：你可曾看到拉辛作品中的人物巨大的身躯受着欲望的扭曲，向你走来？他告诉我说没有。他反问我：那你呢？你看见他们了吗？我说是的。在哪儿？我说：在我的房间里，在夜里，突然，在神奇的阅读中，他们有节奏地从黑暗中走来，穿越了时空。

我还常常和这位朋友见面，打电话，聊天，我们每次都谈到阅读。我们一起欢笑。我知道下次我们会谈到美国的有声阅读，一边听，一边开着车，或一边在乡间跑步，或一边做饭。

《纽约时报》，1985年6月23日
《另类期刊》，第9期，1985年11月

曼哈顿布鲁斯

首先这本书似乎是太过雕琢了。人们会担心跟不上节奏。但如果人们跟得太紧，就不能再思考了，人们跟着书走，一不留神就被带了节奏。这种风格是这本书所要求的，缓慢又芜杂，就像故事中爱情的命运一样。人们很快就登上了阅读的航船。时间停滞了，只有阅读。很快就凌晨四点了，书填满了夜。一夜的阅读。也许只有夜里书才读得欢畅，书的魅力也最显著。当日子过去，距离阅读的日子愈发远了，《曼哈顿布鲁斯》就愈发显得迷人。就想着要再看一遍。想让朋友也看。朋友也说很精彩。于是书就越发伟大了。它变得越来越迷人。这就是为什么我今天称它是一本美妙的书。爱情故事是震撼的，隐蔽的，首先是对作者，对作者是隐蔽的，其次是对我们，对所有人。从来没有拨开云雾见艳阳的时候。故事不可能这么直露。它在书中潜行发展，之后像结局突然显现。爱情就在那里，欲望也一样。猛然间人们看到了。小说因为这一发现被打破了。它没有别的出路，小说。在这一点上我们是站在作者这边的。大家和他想的一样，大家和他一样都弄错了，和他一样突然发现了错误。让-克洛德·夏尔[1]无疑是一位小说家，真正的，伟大的。

《曼哈顿布鲁斯》，让-克洛德·夏尔著，贝尔纳·巴罗出版社

《另类期刊》，第 9 期，1985 年 11 月

---

[1] 让-克洛德·夏尔（Jean-Claude Charles, 1949—2008）：出生在海地太子港的作家，后加入美国籍，他的小说、诗歌和散文对于理解加勒比海文学至关重要。

医院寂静

这和女人有关,只和女人有关,和许多在极其现代、极其专业的屠宰场——巴黎的医院里流产的女人有关。人们沉浸在血腥气中,人的血肉,胎儿的,怀了他、怀了孩子的女人的。真让人想逃。人们沉浸在月经、女人每月来潮的腥味里。这让人想逃避,但的确不同凡响,因为这是写作,是为了永恒。这种摘除,把孩子拿掉在此书中同样被一步步地描写出来,但是一例接着一例的。

《医院寂静》决不是要对堕胎自由提出指责,表示赞成或反对。它是一部文学作品。是写作。一个文本。也只有文学才能展现这一悲惨的事件。新闻报道很少能做到。因为报道浅尝辄止,它只展现表象,正是文学弃绝的东西。文学拥有一切。它取材，又重新提炼。它要么重塑世界，要么就不存在。要是它无法重塑世界，就不如打道回府。人们以为摆脱的只是一个胎儿，而没有意识到怀上的已经是一个孩子。堕胎就是扼杀胎儿。这里充斥着谎言，女人们绝望的虚伪。她们什么也不说，女人们。作品重建了真实，或更确切地说它提供了真实：就像每次死亡是死亡，每个孩子是孩子。

没有人谈论过《医院寂静》。

也许男人们是不会去看的，会让他们倒胃口，而女人们也不会去写，为了不惹男人们不高兴。

但不管有没有读者，这本书都会在文学界存在下去。一本伟大的书，也就是说，在这点上没有人会谈论。

《医院寂静》，尼科尔·马兰柯尼[1] 著，
子夜出版社
《另类期刊》，第 9 期，1985 年 11 月

---

[1] 尼科尔·马兰柯尼（Nicole Malinconi, 1946— ）：法国作家，曾在妇产科诊所工作，为她的《医院寂静》的创作提供了最真实的生活体验。

为创作的新经济

无疑在创作,尤其在文学中,有一种它自身引发的邀约,被当作某种卑微的行为来对待。

起初有些人讲,有些人听。发生在集市、贵族的宫廷。就是这样开始的,世界上所有国家都一样。这样做,就是要在那么一段时间里过别人的生活,为不同于自我的想象入迷,什么也不为,只是为了生活,为了精神得到熏陶,毫无挂碍,为了懂得无所事事,开始学习浪费时间。

之后有的人写作,有的人阅读。于是在写作的人和阅读的人之间有了书。

慢慢地,就像无限的、缓缓的潮汐,阅读、写作蔓延开来。

然后那些像秃鹫般贪得无厌的人,电影出现

前的投机取巧者们就开始在周围转悠了。就像有人卖光线、水和死亡，同样也会有"偷"作家、抄袭作品的人在。自从有了书的买卖，这就存在了。

的确，书是要花钱去买的，于是人们发现了怎样去剽窃。剽窃，在没有电影的年代，直接针对的目标就是书。作家的作品被剽窃，就会少掉一些市场。卢梭就被剽窃得很厉害，狄德罗也一样。因为很多文章是抨击性的政论、报道，它们的作者常常是不署名的。发行量有限，所以谁也不对国家负责，不管是印刷商、出版商，抑或是作者。巴黎那时勉强有一万名读者和十二位流行作家——我说的数字是临时想到的，我还没有把十八、十九世纪女性热衷阅读的大众文学算在里面，她们读起两千页的连载小说来就和今天看电视一样疯狂。文稿开始是在沙龙里被朗读的，由它的作者亲自来读，这些作者把文稿当礼物送给朋友，朋友们也如法炮制。怎样去剽窃一部文稿呢？要么人们署上自己的名字，把它当成自己的作品发表。要么正好相反，他们给自己的作品署上让-雅克·卢梭的名字，把它们当作让-雅克·卢梭的作品来卖。让-雅克·卢梭的一部分作品就是这样丢失的。他流亡瑞士时的绝望同样来源于此，他没法找出剽窃他作品的人。

你明白，谁也没想到作家的作品应受到保护，作品是作家的财产。在作品还不是很值钱的时候，这是用不着保护的。

这种情况持续了几个世纪。

现在剽窃文稿是不可能的了。作者和作品之间的对应关系是受法律保护的。没有无作者的书。随便冠名的书不存在了。

针对出版商和作者之间的关系，新近也有了一项进步，作者不能，哪怕他乐意，把十四本书交给同一出版商。我就是签署这一协议的人中的一个：十四本书，不包括戏剧和短篇，这差不多要耗上一辈子了。我并不是说这协议的坏话，伽利玛出版社的同仁过去是、现在仍是我非常亲密的友人。

但还是有一个大问题：当人们签署了五本书

的合同，这目前是允许的，而出版商拒绝了其中的一部，比如说第二本，作者可以把这本书给另一个出版商，但作者没有权利把第三本、第四本也给新的出版商。你明白了吗？结果就是：没有哪个出版商会要这第二本，如果你不许诺给他下一本的话。这种事情在法国每天都能发生几百次。

我忘了说还有条款六的存在，写得真是合情合理。条款六是保护作者自己的。就像一个人不能出卖自己的生命，作家也不能永远出卖自己的作品。下面的条款说的正是它入情入理的地方："作者享有他人尊重他的名字、品质、作品的权利。这一权利归于个人，永不变更。他可以在作者死后传给他的继承人。"这一条款出自 1957 年 3 月 11 日的法律。现在知道它多么年轻，来得有多慢了吧。

虽然条款六保护了我们文稿的权利，但它还是没能保护我们免受电影工业对我们的文稿的盘剥。

的确通过电影，电影制作人从我们作品中提取的天文数额的利益成了全球的一桩丑闻。这里涉及的是普遍的偷窃，甚至可以说是被许可了的、合法的，被大战之后相继上台的所有法国政府所接受。这一偷窃是循了好莱坞的路子——不要笑——就是在那里这种行为登峰造极。

知识分子、作家、导演都成了电影世界的贱民。在这一点上人们一直都弄错了。在这个基于偷窃打造的社会，被看成帕斯卡式的优美的不是金钱，而是文学创作的天分，它刚一产生，就受到了惩治。这种惩治是通过对作家的剽窃表现出来的。这是要篡改上帝的作品。但谁也没有意识到。

几个世纪以来，诗人都穷困潦倒，乞讨度日。

这在世界各国都一样。

演员是被诅咒的。他们饥寒交迫。在俄国，仆人才去演戏。在英国，演员全是男人，从来没有女子，工资也少得可怜。

直到十九世纪，一些出身平民的作家才能偶尔摆脱贫困。

我们的工作是背离这个金钱世界的。失业对

我们根本就毫无意义。对我们而言——这个问题我提了有十次了——失业法根本就毫无意义。我们的劳动是不能衡量的。要么就是二十四小时全天候的作家，要么就算不上作家。就是这样，我们才能忘记我们是被剽窃的。

只从自己出发，做自己想做的事，写书、画画、谱乐、拍电影，没有什么目的，只是满足自己无法抑制的想要表达的欲望，这可是会被扼杀的。就像那些受到惩罚的女人，那些和森林里的野兽说话的女巫，那些背着丈夫偷偷写作的妻子，这种情形一直持续到十九世纪。这是真的，我突然想到电影制作不过是一门技艺罢了。

我表明我们是当代的无产阶级。这并不是因为我七十岁时获了龚古尔奖就忘记了对作家们的盘剥和年轻作者们的绝望。

我们有错。我们从来没有捍卫自己的利益，从来没有。我们讨厌聚在一起，因为人们对我们说——萨特和其他人（在他身后跟了一批天真汉）——作家的负罪感就应该这样被体验，只是这样而已，它永远不应成为作品创作者抱怨的对象。

我们成了一个种族。种族主义的种族。我们甚至可以说没有任何权利。对我们作品的偷窃行为总是通过侮辱实现。同时人们又绝对不能少了我们。没有哪个现代社会能少了作者。我们是无法替代的。一个社会真正的死亡不是科学的消失，而是写作的消失。这里需要知道的就是写作什么也不为，只是为了去说，为人人，又不为任何人，没有任何实用价值，除了自身的存在，没有别的存在理由。

写作就是现在，就是所有人。科学只和几个人有关。信息时代的科学就更看不到人了，而写作一直面向所有人，在远古的森林，语言是作为礼物馈赠给人类的，就像现在的写作一样。我会给你们讲这是怎么发生的，这一路非同凡响。显然我只谈电影的一些小制作，我拍了几部花费不大的电影。

应该让现在的电影工作者们头脑里都清楚以下几点：

当一位作家和制片人签订了协议,他就不再拥有这部电影了,电影已属于制片人了。

作者将没有权利过问电影的运营情况。他不仅再也不能过问电影的预算,而且这对他来说是被禁止的。他会被制片人当成他自己的电影的敌人。

他只能得到一些虚假的资料。事先做好的该片的虚假的预算和虚假的合同,上面写着:"临时合同允许收取预付款,但几天后合同就会被更换。"(原文如此)有时候这份虚假的材料会留下来。

要是偷窃预付款的数额不算太大——原则上是总额的二分之一或三分之一,要是电影居然拍成了,导演会觉得是意外之喜。

还是让我们谈谈小投资的制片人的流程。我们通常在电影混录的最后一天看到他。他拿走混录的带子就消失了。就再也见不到他的人了,根本联系不到,他的电话一直是电话留言。我有一次在一个月里打了六十次电话——每天两次——给我的小投资的制片人,只想提醒他们给我回电话。但他们从来就没有给我回过电话。

从镜头被抢走,到影片制作的最后阶段,影片的作者将不再有他的电影的任何消息。

60%的情况他是拿不到一分钱的。

有时候他永远都不会知道他的电影已被卖到了国外,即使他知道了,也不会知道买主是谁。

有时作者甚至对本国、本城的买卖都不清楚。他只是偶然得知影片有一位媒体专员,偶然得知他的影片要在三家影院播放,就在未来十天里。

很多情况,可以说在大多数情况下,制片人摆出一副自己就是这部刚刚拍好的影片作者的派头,偷来的钱让他自以为是电影的创作者。虽然钱是作者带来的,但制片人忘了,他以为是自己孕育了这部影片。

作者没有权利拥有一份自己的电影的拷贝。即使他出钱,他都不能买到。需要有一张许可证,所谓的"订单",他的制片人的订单。我拍了二十部电影,却从来没有在制片人手上得到过什么"订单"。为什么？因为作者和作品的关系让制片人不舒服，这让他怀疑自己，自己的无耻行径。制片人知道作者有权利拥有一份自己电影的拷贝，但这一认识是他需要赶紧忘掉的，否则他会崩溃。

电影一旦拍完，作者可能都不会受邀去看试映，试映往往是不让他知道的。他们自己一帮人看。有时连摄制团队都没受邀请，演员也不例外。演播厅里只有他们和他们的女人。但这只是一个细节。

电影一旦拍完，制片人有权把影片"雪藏"。也就是说不让它在影院放映，忘记它。作者对制片人"雪藏"他的电影根本就无计可施。

这让人难以置信？的确在一篇文章中回顾整个流程，似乎让人感到难以置信。

别忘了是作者劳动的质量和名声为制片人带来暴利。要是没有作者，制片人便一无是处。这并不难理解。没有思想。没有天才。只有把本应归作者所有的几百万法郎塞进自己腰包的"创意"。

关于这一点，我还想说最后一件事：我在

1983年签了一份合同，我提出要修订，因为合同上规定我"在没有预先得到制片人同意的情况下，不能擅自接受访谈"（原文如此），而且制片人"有权在任何国家、用任何语言、以任何形式发行电影脚本，只要字数不超过一万个单词"。（原文如此）一万个单词已经能让电影演上一个半小时了。

除了要反对对作者处境潜在的盘剥，还要对另一丑恶行径进行抵制，就是对真相的掩盖。说起来很简单：要敢于做我现在在做的事情，即说真话。最坏的态度则是 CNC[1] 的态度，也就是畏首畏尾。

要是 CNC 想"天下太平"，宁可继续对电影界的强盗行径不闻不问，就应该把 CNC 的恐惧担忧抛在一边。应该这样去帮助 CNC。大家都知道，国家知道，CNC 也知道，这不能再继续下去了。我们已在极限，马上就要崩溃。成千的作者都组织起来阻止 CANAL PLUS[2] 施加压力，因为它拒绝把

1　CNC，法国国家电影中心的缩写。
2　CANAL PLUS，法国 1984 年开播的一个付费电视频道。

SACD[1] 和 SCAM[2] 提供的经费给作者，而只给制片人。CANAL PLUS 不得不让步了。制片人输了。

官方机构都惧怕制片人。不应该认可这种恐惧。官方机构之所以害怕制片人是因为他们不敢要求制片人哪怕是拿出相对的诚实，比如规定他们"偷窃"的底线，在作者与制片人之间达成协议。在这种情况下，他们偷窃的比例不会超出他们约定的比例。但从某种意义上说，这或许还让制片人减轻了负担，他大部分的精力就是在账目上做手脚，在发票、预算、合同等上面玩花样。

否则一切都玩完了，我们走向法国电影的末日，即作者电影的末日。

法国并不是天生拍大场面的材料——此外，那些手法雷同的专门面向青少年的未来科幻片还算电影吗？法国是一位作者，也将保持作者的身份。

1　SACD，戏剧作者和作曲家协会。
2　SCAM，音乐作者和作曲家协会。

正是因为这样，布列松[1]、侯麦[2]、特吕弗[3]在美国也很受欢迎，还有雷乃[4]、阿克曼[5]和我自己。同样的理由，贾木许[6]以他的令人赞叹的电影《天堂陌影》（*Stranger than Paradise*）在法国也大受作者们的欢迎。电影越是为"偷窃"大开方便之门，它对作者的伤害就越大，对法国电影的伤害就越大。

为《给创作的新经济》写的序

亨利·苏克龙著，1985年

---

1 布列松（Robert Bresson，1901—1999）："二战"后法国杰出的电影导演。导演过《一个乡村牧师的日记》《死囚犯的越狱》《金钱》等。

2 侯麦（Eric Rohmer，1920—2010）：法国电影导演、作家。1950年创办《电影报》，1957年任《电影手册》主编。

3 特吕弗（François Truffaut，1932—1984）：法国电影导演，新浪潮派的一员主将。导演过《四百下》《偷吻》等。

4 雷乃（Alain Resnais，1922—2014）：法国电影导演。导演过《广岛之恋》《去年在马里昂巴》《夜与雾》等。

5 阿克曼（Chantal Ackerman，1950—2015）：比利时最杰出的女导演，她将女性的工作、爱情、欲望作为长期关注的主题，她执导的电影探索多重叙事结构。

6 贾木许（Jim Jarmusch，1953— ）：美国导演、编剧、制片人，导演过《天堂陌影》《不法之徒》《离魂异客》等。

神　似

你在那儿，拉普加德[1]给你画肖像。不过他根本就不看你。他看着依然空白的画布。他在画布上把颜料加上去。开始好像是随处都涂上一点，然后在某一刻，在画脸的地方涂抹。

他画着。人们看不出个所以然。他继续把颜料一层层地涂上去。开头，可以说是随便什么颜色，然后是他钟爱的颜色。

我想康定斯基[2]曾说过，在涂到画布上之前，

1　拉普加德（Robert Lapoujade，1921—1993）：法国画家。萨特曾为他著名的反战题材画展"以暴力为主题的绘画，酷刑三联画，广岛"作过序言《没有特权的画家，拉普加德》。他通过绘画表现反战和反暴力主张。

2　康定斯基（Kandinsky，1866—1944）：俄国画家和美学理论家。他强调"内在的需要""实际物体的象征性质"，对二十世纪的艺术影响很大。

画就已经在一管管的颜料中了。人们在上画布之前在哪里？萨特在拉普加德超凡绝伦的画之前又在哪里？他，还有我们，在拉普加德那里都入画了，我们在拉普加德的画上气韵流动。在这位画家面前，我的情感和感官前所未有地强烈，仿佛自己是可以被渗透、被溶解的。

拉普加德继续在你跟前作画——在你跟前——却一眼都不看你，你就是在这种杂乱无序中出现在画布上的。这不是草稿。这是万物的背景，在这背景下造物出现了，是你，是我，一个瓶子，亚里士多德或一只猫。

他把你忘了。

在把他的全身心力量，他肌肉、神经的全部力量都聚集起来的时候，拉普加德重构了一个想象的萨特。而为了完成这幅作品，就算他需要萨特在场，和他待在同一间画室，就算萨特真真切切在场，他也不会注视在场的萨特。因为尽管你的情绪直露、举止和往常一样自如，你的这份情绪或举止都很可能是偶然的、片段的。没什么可做的。你从来都是，哪怕是在你一生某一很特别的时刻，你都只能是你自己不全面的幻象，一些特征、标志，一个人的方方面面从来不可能在某一时刻一次性全部展现，表露。但你怎么才能显得最像你自己呢？我以为是在拉普加德的眼里。正是如此。拉普加德的神奇就在于此：他能找到人们印象中的你。所有人们看到、听到、读到、遇到过的萨特，就是通过这种方式，找到了一切的结合点，萨特才有机会超越一时的心理呈现在大家面前并流传后世。拉普加德使他瞬间的记忆缄默了，他进入了他的总体的记忆，永恒的萨特。这种记忆和思想，拉普加德只有在把萨特遗忘了，不再想他之后才能进入。这似乎是矛盾的。思想会打断记忆，让记忆停滞，把它网住，当然，让它僵化。不，不应该去想萨特的思想，应该直接动手去画，拿起画笔。在观察和表现两者之间不应该有任何滞留。

工作中的拉普加德是令人难以忘怀的。他说：

"我在画画之前心中根本就没谱,所以不要对我作画的方法感到惊讶。"这让人印象颇深。你就在那儿,而他再一次看都不看你一眼——只是在画完以后,有时才会勉强看你几眼。要是他看你的话,你会妨碍他心目中那个你的绝对形象。画还没有定型。有爵士乐,很响,很刺激。拉普加德踩着爵士乐的节奏,走向画布,用画笔敲打着画布,退后几步,又走上前去,总是很有韵律,用双手摆弄着画布前的空气,在曲线的阴影下,放上他建筑的第一块石头。总是在爵士乐的节奏中,他舞动着,扫荡了脑海中的黑暗。

拉普加德与你离得很远,他有他的画。画意在水的世界里流动,他截住它,汲取它。他什么也不想。一个什么也不想的人重塑了思想的萨特,这令人难忘。拉普加德什么都不再记得了,如果他再看到你,那真的就是恍若隔世,在那一世,他不画画。在所有偶然的巴什拉[1]中,巴什拉浮现了。在

---

1 巴什拉(Gaston Bachelard,1884—1962):法国哲学家、文学评论家。

拉普加德的笔下将浮现出一个我们也可能会在大街上遇到的另一个巴什拉。来自大众，归于大众，拉普加德把你画出来了。

努力是巨大的。在这位萨特称为"建构者"的画家身上努力是双倍的。第一份努力是丢掉习惯，把平时的惰性、习见、不纯粹丢开。第二份努力对拉普加德来说就是把关在锣鼓里的拉普加德释放出来，让他像一位陌生人一样去探寻。

"拉普加德，"萨特说，"是十字街头的人头攒动，是交通堵塞……"当他谈及拉普加德名为"骚动"的画展时这样说道。我想这也适用于来评论他的这个展览，拉普加德将千万个形象汇成一个：一个即无数，仿佛无数个自己聚集在十字路口。

这里，拉普加德一边舞动，一边前进，他总是在战斗。但你很快会成为墙上的一块污迹，那些粗糙的石膏很快通过目光糅捏成一张脸，再也无法分开了。你偶然间和那个给了你这张脸的人吻合了，他在墙上画下了你刚刚发现的东西。两者是一样的，毫厘不爽。

你在拉普加德的面前，就如同那只被放完了血的俄罗斯犬，一副死样。然后他把你的血重新注入你的血管，血泵里的血慢慢又回到了你的肌体。在心电图上，开始是一条直线，忽然，记下了一次震颤，然后又一次，起初是杂乱无章的，然后慢慢变得有规律，最后节奏完全正常了。完成。令人绝倒。

为拉普加德的画展"肖像和构图"写的序
皮埃尔·多梅克画廊，巴黎，1965 年 5 月

芭芭拉·莫里纳尔

芭芭拉·莫里纳尔[1]住在乡间的一所大房子里。她每天有十二个小时是独自度过的。她写作写了八年了。

我们可以读到的她的作品只是非常少的几根流苏罢了——也许只是芭芭拉在八年里写的作品的百分之一而已。余下的都被她毁了。

芭芭拉写作。她也撕毁作品。她继续，她接着写作。而另一个人，她称之为"敌人"的人（她这么称呼他有几个月了），把她写的全撕毁了。

芭芭拉·莫里纳尔写的所有的作品都被撕

---

[1] 芭芭拉·莫里纳尔（Barbara Molinard，1921—1986）：她一生都在写作，但她不断撕毁自己创作的作品，在友人杜拉斯的坚持下，她最终出版了一部作品《来吧》。

毁过。

跟在被撕毁的作品后面的书稿也同样难逃被撕毁的命运。它们都是重写，又被撕毁，撕毁了，又重写。多少次？她自己都不记得了。达到必须的次数吧。也就是说直到临终，直到意义完全沉没在母体痛苦的茫茫黑夜里。

芭芭拉撕她的稿子撕得很仔细，有一定的方式。每张纸都撕成四份，四份再叠成一堆。这一堆，这一摞摞废纸就是桌上的稿纸和灰烬之间的中间状态，在眼皮底下，只存在短短的一段时间。然后等待它们的是火，我想。

芭芭拉曾有过连续五星期整天写作的经历——度假期间，在旅馆——然后和往常一样又全毁了，并且一点也不再去记起。这种永远的失去，数量相对说来是很多的。

只要这本集子还没有出，那种要撕毁稿子的欲望在芭芭拉身上就达到了极点，她和这种摧毁的欲望抗争着，尽了她的全力——因为之后，一旦服从，她就暂时得到了缓解。幸而有了这一缓冲，她才可以重新开始寄予希望，摆脱她的"敌人"，摆脱这名刽子手，这个天天觊觎着她的书桌、想毁掉一切的家伙。

这一缓冲，这一希望，确实给她带来的只是新的摧毁的机会。这持续了整整八年。

八年来，她的丈夫和我一直反对芭芭拉的"敌人"的粗暴行径。我们没有上这种行为的当，我们总是要求她——时不时地——把自己和稿子"分开"，不要把它们摆在"敌人"能触及的地方，比如说，放在一位出版商那里。她呢，虽然也有斗争，但总会把给出去的稿子要回来。应该改一改那可恶的痛苦的循环。痛苦却在延续、延续。当痛苦再次袭来，芭芭拉开始求救了。

她感觉到了。她把稿子交了出来。

我知道，因为以前我见过，她还藏了一些稿子没有拿出来。我坚持要。她拒绝了。这样持续了几个月之久。就在书出版的前夕，她突然把稿子拿来了。有以下四本：《来吧》(*Viens*)、《父亲的公寓》(*Les Appartements du Père*)、《床》(*Le Lit*)、《海绵》(*L'Eponge*)。芭芭拉留下的这四个文本和她**放弃**的那些文本本质上并无二致。只不过必须要给"敌人"留下粮草，或许留着它们是为了让他以后吞噬。

至于那篇题为《小酒窖》(*Le Caveau*)的文本，在尝试过几次后芭芭拉放弃了，我们曾经试着一起重构情节。我们一次就完成了，一点也没耽搁。需要把这个**故事**记录下来，哪怕只是为了把它从无法言说中拉出来。

芭芭拉梦想着一所不同于她现在所拥有的房子。这所房子是存在的，她说，她可以把它描述出来。是一所封闭的塔楼，光线只有在"痛苦"的日子里才会漏进些许来。她独自一人住在这座塔楼里，谁也不会打搅她。她觉得她现在的房子太开放了，向别人展露得太多了。

在那座塔楼里她写作。

我们这里读到的既不是编造也不是幻想，而是过去生活的记录。写作当然也是其中的一部分。它是踩在痛苦的台阶上的一只脚。没有它，痛苦就静止不动了，没有被承受。对此我确信无疑。

芭芭拉有时会受到惊吓，在大街上，突然被一张面孔吓住了，而那张面孔似乎谁也不会留意到。引起的不安会持续上几天。震惊是无法承受的，于是她逃了。她逃走了，把那张赤裸裸的面孔也带回了家。在家里，她看着它，直到证实所有的生命都无法容忍。

芭芭拉有时也见到一张消隐了的面孔。在这种情形下，她把它带回家，然后就焦灼不安地给它一张活生生的面孔。在总体的不和谐里竟然无比和谐，痛苦就是水泥。在让人震惊或虚无的脸上，水泥就是芭芭拉的痛苦。

人类没有被造好。城市也没造好。交通工具也很糟糕：要么没赶上趟，要么就是把你带到你不想去的地方。几个自信的人在这个世界上徘徊，无法去爱，无法尽责，无法等待。

为芭芭拉·莫里纳尔的小说《来吧》写的序
法兰西信使出版社，1969 年

喧嚣与寂静

　　总之，这是一个孩子气的人。男中音。高个子。白皮肤奥兰人。一天他们走进了"圆点"大厅，我们正在排演《萨瓦纳湾》，皮埃尔·贝尔热[1]和他。我们什么声音也没听到，既没听到开门声也没听到脚步声。突然他们就出现了，在我们前面两米处，不声不响地。害怕打搅我们，总是这样。王者风范。

　　我和他有点认识，我们一起谈过两三次话，谈演员的服装，谈颜色，谈布料，谈玛德莱娜的暗红色的天鹅绒裙子。有一次他谈起了我的书。

　　他使人局促不安。他是所有人中最让人局促

1　皮埃尔·贝尔热（Pierre Bergé，1931—2017）：法国商人，是伊夫·圣洛朗公司的总经理。

不安的一个。不是医生，不是演员，而是他。他也一直是所有人当中最局促的一个。最惊慌失措的。他径直朝你走来。带着这张坦荡、胆怯的脸走到你面前。在他的微笑中，就像他的目光中，没有任何压力、虚假和做作。

他切切实实的在场让我们感到不知所措。好像一下子要接受的东西太多了，他和他在场的身体。

伊夫·圣洛朗[1]的目光是无法描述的。先是让人抗拒不了的温柔、悲戚。然后目光变了，一样深不可测，成了静静的一潭秋水。

伊夫·圣洛朗的目光。他凝视着他看到的东西。睁着眼睛的时候他可以看到，闭着眼睛他也能看到。和大家一样。他看他的周围，远的，近的，这里那里，就像大家一样。看看会有什么效果。

他，这个奥兰人，是从这里起步，他要工作，这支配着他，他不知道如何去命名。

1　伊夫·圣洛朗（Yves Saint Laurent，1936—2008）：也译作伊夫·圣罗兰，法国时尚设计师，出生在法属北非阿尔及利亚的奥兰城。

我忍不住要去看，去相信，伊夫·圣洛朗的睡眠才是真正的创作。不管这种"创作"是迅速的，耀眼的，完善的，或它还未呈现，还是暗淡的、遥远的，总是和这个，和创作有关，和可以被称为灵魂、天才的东西有关。当我在照片或在电视上看到伊夫·圣洛朗，微笑着，和名流说话，我就在心里说，他们终究还是把他给弄醒了。

我从来没有停止过把他看成一位作家。虽然他的工作与文字相距很远，我从来没有把他和写作分开过。他看每个人的时候都像在看全世界，就在这种情形下他拥有了写作的经验。当才智达到了顶点，它就缄默了。这时写作就开始了。

生命的全部或细节，对伊夫·圣洛朗来说都是一样的，唯一的人潮，唯一的男子，唯一的喧闹，唯一的荒凉，他所看的就是唯一的生命，也是唯一的布景，唯一的实，唯一的空。像作家一样，他每天都是第一次写作，我可以发誓。就像行文中的一个逗号的差别，他同样也知道：一个逗号之差，要么世界存在，它被创造出来了，要么它尚未存在，需要重新开始。

这个话题我还要说几句。他看我们中的每一个都像看芸芸众生中的一分子。个体，已经消失了，淹没在他看到的芸芸众生里。但你对我说，谁都是这样看的，他或别人。是的，就是这样。

他看到了你身上有的而你自己却不知道的东西。而你自以为有的东西，他又没有在你身上看到，因为你其实并不拥有它，你从来都没有拥有过它。他征服了你。把你打回原形。你感觉不到任何东西，你任其摆布，你只能如此别无他法，因为在你和他的关系中，在他对你进行的设计的交流中，你体验到了一种献祭的恳求。只是在他和你之间的。你在他手中，被他左右。在他的手下你重生了。你以前觉得自己不美丽。遗憾自己不是美丽的，你将在这双手下重生。从这种遗憾中，他提取了你崭新的美丽。你脱胎换骨了。

一个女人。她在那儿。而他，他在这儿。他设计。这个女人，现在已经着好装了。

我倾向于认为伊夫·圣洛朗神奇的普遍性是来自一种宗教式向"真"的禀赋，不管是来自人们修建在尼罗河上的庙宇，还是那些非人力所为的泰勒马克森林，不管是来自深海的景观，还是来自开满鲜花的苹果树。他，伊夫·圣洛朗，他并没有区分人造的和神造的事物。相反，他把两者混同起来，摆在一起，聚在一起。比如一条裙子和一片沙漠，他把两者放在了一起。他做了一条裙子，他把它穿在一个女人身上，然后把穿裙子的女人放到沙漠中央。他造成了一种非常鲜明的效果，好像沙漠在等待这条裙子。而这条裙子似乎注定是要到茫茫大漠中去的。

当伊夫·圣洛朗的一条裙子出现在照片或电视上的时候，大家幸福地叫喊，因为裙子就是人们从来都没有想到过，却又正是人们今年期待的款式。人们就是那片等待那条裙子的沙漠。

如此得到全世界的肯定和赞赏是不同凡响的，包括那些从来没有机会穿伊夫·圣洛朗的服装的人。他制作人们期待的服装，年复一年。我想说的是他制作了人们不知道自己正向往的服装。

裙子的价格，和裙子是没有任何关系。一幅画的价格和画也是不相干的。想想吧，几年前莫奈[1]的《日出》被盗，至今还是我们心上没有愈合的伤口。高级服饰的超凡脱俗和成衣截然不同。穿圣洛朗牌子的女人有来自皇宫、城堡，也有来自郊区，她们穿梭在大街小巷、地铁、统一价超市[2]、交易所。

他，伊夫·圣洛朗，人们对他的钟爱他根本就不在意。他有时认为这于他算不了什么。最难说

1　莫奈（Claude Monet，1840—1926）：法国印象主义绘画的发起人和代表画家。
2　统一价超市（Prisunic）：法国有名的大超市，有很多连锁店。

的就是，正是这种不在乎成就了伊夫·圣洛朗。我想说的就是有一些和他处境一样的人，经不起失去自我的诱惑，更有甚者，把被有些人称为生命的自我的一面磨灭了，而我们这里谈论的东西并不能这样去称呼。不能说得更多。要说也只能说，这是难以言传的。

我再来聊聊目光。就他这一个人的目光，这很难言传，世界上只有这一双眼睛。他看女人，看男人，看花园、照片、书和海洋。一座监狱。一张奥斯维辛的照片。一个孩子。我想他什么也不分析，我想说的是他不想对几乎现代的东西做任何思索，他甚至不说坏的是坏的，好的是好的。细节和整体，对他而言都是一样的。他好坏并收，要么就都放下。我想他是对的，尽管这不是他想要做的，必须兼容并收，要么全部都要，要么都不要。每一桩罪恶都是对全世界的。而每个微笑亦然。应该全部拿来。否则就没有作家，没有伊夫·圣洛朗。

应该从道路说起。起点就是这样。越过节日的夜晚，就是道路的起点。是行动，出发上路的起点。为了这个起点，要用一两个词，比如词语"胯"和词语"扭胯"，就是从这两个词语出发人们开始看路上的腰肢婀娜。在一个特定的时刻，完成了。身体剩下的部分几乎不用点缀。一切都是从胯部的扭动而来。比如玫瑰色的包裙，只要身上别的部分穿上黑颜色就行了。要么恰恰相反，用古怪的蓝色。或者用神秘的苋红色，就和圭亚那同名的花的颜色，就像一些人，兰波，莫扎特。

同样，有时候我也以另一个男人的名字称呼伊夫·圣洛朗。那发生在冬天，夜里，有雪，在穿越时间的墙的后面，那个没有入睡的人正谱写着迷人的乐章。

为《伊夫·圣洛朗和时尚照片》写的序
阿尔班·米歇尔出版社，1988 年

罗杰·迪亚芒蒂,电影之王

二十年来,当我想看电影的时候,我就直奔圣安德烈德扎尔(Saint-André-des-Arts)。几乎都不会错。我总是在罗杰·迪亚芒蒂(Roger Diamantis)电影院看电影。对我们中的很多人来说,电影的所在,电影表演艺术产生的地点就是这里,在这个罗杰·迪亚芒蒂小岛上,在这条洋溢着青春的沿着塞纳河的街道上。十年前又有了另一家迪亚芒蒂影院,在希勒格尔街(Gît-le-Cœur)。它也属于迪亚芒蒂电影院。

每次我尝试别的电影院,甚至那些在第五、第六区的,我总是什么也没看到就回来了。就像我小的时候,周末下午和家人在大街的大棚子里看完电影后的感觉一样。

后来我和罗杰·迪亚芒蒂认识了。他请我在对面的咖啡馆里喝了杯啤酒。他问:"好看吗?"我们开始谈话。我们成了朋友。在电影院的周围,所有人都彼此认识。所有人都彼此交谈。这是友爱,虽然大家都不知不觉。

不过我还得说:我从来不看电影专栏。我从来都读不下去,这就像文学专栏一样让我生厌,每周四《世界报》上那大版大版的苍白的文字,几乎从来都没有人看,除了出版商。

我不喜欢国人拍的电影,也不喜欢人们想给我们看的电影。只要抄袭依旧明显,只要拍商业片的老电影人的影响还占主导,新电影或许就永远不会到来。

我喜欢某些电影,某些电影人,当我喜欢上他们,我就会喜欢他们一辈子。那些我在电影院碰不到,而我又喜欢的人,我就去看他们的电影。我喜欢自己拍的电影,当然了,就像他们,你们,电影人,所有人,不论好坏。但对总体上的电影来说，不，我既不喜欢它过去的样子，也不喜欢它现在的样子。我不喜欢特吕弗。我应该喜欢他，但我就是不喜欢，我只把他视为一部独一无二的电影的作者，或者说是一种想要实现他想拍的理想电影的尝试，而他的很多电影都只是实现这一目的的途径。我非常喜欢特吕弗本人，非常有意思。我喜欢鲁什[1]和他关于非洲的电影，给我带来的快乐是奇妙的。我喜欢戈达尔[2]、斯特劳布[3]、阿卡曼。我不喜欢奥逊·威尔斯[4]，也不喜欢传统的百万富翁的戏，投资上亿的电影，我从来都记不住它们的片名，总是老一套，拼拼凑凑，夹杂着色情。

---

1 鲁什（Jean Rouch，1917—2004）：法国电影导演，真实电影创始人，法国纪录片大师。
2 戈达尔（Jean-Luc Godard，1930—2022）：法国二十世纪五十年代末"新浪潮"的重要导演。执导的电影有《筋疲力尽》《小兵》《中国姑娘》等。
3 让-马里·斯特劳布（Jean-Marie Straub，1933— ）：法国电影导演，执导的电影有《他们的约会》《西西里岛》等。
4 威尔斯（Orson Wells，1915—1985）：美国电影演员、导演、制片人、剧作家。

我疯狂地喜爱卓别林和塔蒂[1]，我对他们是绝对热爱。同样我也喜欢布列松。还会吸引我上电影院的，就是布列松。要是我错过了一部布列松的影片，我就好像丢了关于整体创作的一个信息一样，不管它是什么级别的。

在电视上放的电影，在世界各地都如出一辙，这很让人失望。为了阻止他拍出杰作，人们把这位叫让·布拉[2]的人给逼自杀了。

在林荫大道上再也没有电影院了，电视代替了银幕，或许还有布里杜香肠，吉利的剃须膏和配套的除臭剂，但椅子很舒适，可以睡觉。

三年前，我在电视上看了两部美妙的电影。当然是在凌晨两点。第一部是西德尼·吕美特[3]的《和嘉宝相遇》(*Rencontre avec Garbo*)。第二部

1　塔蒂（Tati，1908—1982）：法国电影演员兼导演，以戏剧性的哑剧角色闻名于世。
2　让·布拉（Jean Prat，1927—1991）：出生于意大利米兰，1991年跳塞纳河自杀的电视导演和作家，"他死于许多人对电视的蔑视"。
3　西德尼·吕美特（Sidney Lumet，1924— ）：美国电影与电视独立导演、编剧、制片人。执导过《东方快车谋杀案》《热天下午》等。

是《好天气，但午后有暴风雨》(*Beau temps mais orageux en fin de journée*)，片中有美妙绝伦的米谢琳·普雷斯勒[1]、克洛德·皮耶布吕[2]。是弗罗-古塔[3]导演的。我甚至还碰到两个同样也看过这两部电影的人。还有休斯顿[4]的电影，《都柏林人》(*Gens de Dublin*)。我看了，看哭了。

我在这里请求罗杰·迪亚芒蒂给我们放映布列松的《圣女贞德》。是16毫米的胶片，但对我们很多人来说，这部电影不管从何种意义上都无与伦比，不管是纯粹的才智还是艺术表现。我在二十年里应该看了有八次了。但它还在那里，在我的脑海

---

1 米谢琳·普雷斯勒（Micheline Presle，1922— ）：法国演员，出演过《七宗罪》《驴皮公主》《你到底从不从》《亲如手足》《本性难移》等。
2 克洛德·皮耶布吕（Claude Piéplu，1923—2006）：法国演员和作家，出演过《怪房客》《爱情和法国女郎》《恶魔的十个指挥》等。
3 弗罗-古塔（Gérard Frot-Coutaz，1951—1992）：法国导演，执导的影片有《油漆未干》和《好天气，但午后有暴风雨》等。
4 休斯顿（John Huston，1906—1987）：美国导演、编剧，执导的影片有《马耳他之鹰》《红磨坊》《不合时宜的人们》等。

里，在我的身上，甚至比布拉西拉克[1]的《圣女贞德的审判》还要震撼，尽管这本书也令人赞叹。

我叫玛格丽特·杜拉斯。

我十六岁。

我母亲是法国印度支那湄公河区的教员。

我写作。

《解放报》，1991 年秋

---

[1] 布拉西拉克（Robert Brasillach，1909—1945）：法国作家，《圣女贞德的审判》是他 1932 年出版的一部作品。

还是褒曼,总是褒曼、褒曼

没有哪一天二十四小时美国十五个电视台一个台都不排一部褒曼[1]的电影的。

"在美国,人是永远不会死的。"她这么说。

她演的四十三部电影,就这样,像太阳朝升暮落,在一年的每一天都有规律地上演着。

永不疲倦的褒曼。从二战前开始。在她丰碑式的漫长生涯里从来没有过一次危机。她是在度假的时候一举成名的,十八岁。成功迅雷不及掩耳。而且持续了三十年。它还在继续,和成名之日一样长盛不衰。她对此怎么说呢,她?她说:

---

[1] 褒曼(Ingrid Bergman,1915—1983):二十世纪四十年代最受欢迎的好莱坞影星。生于瑞典,出演过《美人计》《卡萨布兰卡》《东方快车谋杀案》等影片。

"是机遇,难以置信的机遇。容易得让人难以置信。都是别人来找我。我从来没有主动过。"

除了说"这是机遇",她没再做任何解释。这不是她的角色。

我看着她,她坐在我面前,在安静的工作间昏暗的光线中。她谈到了她的财富,她在意大利的孩子,在瑞典的女儿。她从她瑞典的岛上回来,她每年都要回去"寻找她的童年",她说。我凝望着她,我听着原汁原味的声音。我寻找,寻找为什么她的眼中会透出内心的光芒,这种根本不需要美容师费心的青春气息,天然无需雕琢。

"我每天都要身体力行地干些活。我住在乡间。我起得很早,我给自己读书,然后我开始工作。我打扫房屋。我给狗狗们洗澡。"

我还在寻找。而后我找到了一些东西。我找到了一些词:狄亚娜[1]。北方的狄亚娜。这位电影

---

1 狄亚娜,希腊神话中的狩猎女神。

世界公民保持着外国人的身份。她保持她的北方特色，褒曼。她的优雅不是我们这个纬度上的。她让我们人人为之神往，这与我们对拉丁文化的乡愁相反。她的大陆是遥远的，那些接近极圈的大陆，再往北一些生命变得稀少，常常消失不见。是的，就是这样，她依然还是花岗岩、桦树围绕着的国度的人，蓝色的雪，波罗的海人，然后，然后什么都没有了。她没有成为意大利人、美国人，或法国人。她让自己做一个来自北方的客人。

她说：

"不应该放弃戏剧，永远。要是拍太多的电影，最后会感到一种巨大的恐惧，以致只好放弃银幕。要是人们放弃了，就引来了一个更大的危险：对自己失去信心。因为演员登台表演戏剧，首先需要勇气。在舞台上你独自一人，导演不存在了，作者也一样。只是我自己。我只有唯一一次机会去做我该做的事，没有两次。这是最好的学校。每每我总是回到戏剧舞台。我还要回到戏剧舞台。在舞台上,是不可能弄虚作假的。"

我倾听着,凝视着她。突然,我又找到了另一个词:女人。褒曼,首先是女人。

她不演吸血鬼。不演一夜风流女。她是一位永无止境的女人。她不是那种索取的女人,而是给予的那种。她是平静的力量,是日常生活中无限温柔的女战士,是一份平凡的执着。我突然看到她,在她的生活中心就像在她俯瞰的一片广袤风景的中央。在她清澈的目光的深处,我看到了与生俱来的宿命的意义。曾经的经历都是应该经历的:爱如此,痛苦亦然。一切都被真实地经历过,无须作假,真实,强烈,内心的震撼。

她说着。我们还会听她说上一百年。她说:

"当我们演戏的时候,哪怕是一个小角色——哪个真正的角色是小角色?——都应该深刻地理解它,找到它合乎逻辑的条理,明晰的基础。而后我们才能创造疯狂。"

我心中忽然注意到了一点:人们总是说"一

部褒曼的电影"。除了罗西里尼[1]，人们不会想到拍摄这些影片的导演。

把他们和所有的电影串在一起的钢丝，就是褒曼。为什么？她在四十三部影片里就像在一所大房子里一样。她在里面穿梭。为什么？

下面是我发现的更为重要的东西。因为她在四十三部电影里，没有一部是毫无保留、完全穷尽的。在每部电影里，褒曼总有什么东西是你所无法理解的，让你意犹未尽。是一种神秘的给予，但从来都不是完全的。永远都不会完全显露，因为它对于褒曼自己同样也无法理解。

这就是我们所说的"优雅"？也许是。如何去定义这同时全部在此又并非全部在此的东西？是一种挡不住的想**再看看**、还想再看看这个女人的诱惑？优雅，的确是的，是一份潜质——因为她自己也不自知。天真的优雅。

---

1 罗西里尼（Roberto Rossellini, 1906—1977）：二战后最著名的意大利导演之一，执导过《罗马，不设防的城市》《德意志零年》等影片。

褒曼是波德莱尔式的。"看着运河，枕着小舟，浪迹江湖。"是的，形象一下子就出来了。

她说着。我一边听她说，一边看着她，我的视线越过了她。她感觉到了。她说。

"我讨厌让人感到害怕或让人肃然起敬。对我的孩子是这样，对我的工作伙伴也一样。歇斯底里、粗野强暴的解决问题的方法让我惶恐。"

我们谈到了苍老。我说变老，也是很有趣的。她同意，完全同意。

"一切都只是一个时间问题。所有的人都会老，我的朋友们都已两鬓苍苍了。我看书时都要戴老花镜了。并不是我一个人变老。所有的人都要老。所以，尽管这不那么让人愉快，我也完全能接受。"

她补充说：

"嘉宝[1]不应该息影？她要怎么打发日子呢？应

---

[1] 嘉宝（Greta Garbo，1905—1990）：最有魅力和最负盛名的好莱坞女星之一，生于瑞典斯德哥尔摩，出演过《茶花女》《安娜·卡列尼娜》《双面女人》等。

该演适合自己年龄的角色。人们建议我一些根本就和我的年纪不相称的角色。我可不喜欢这样。我想等到六十岁,真正地饰演一些我这个年龄的角色。那时根本就无法造假。"

奇妙的是她说这话的时候,脸上带着少女的笑容。

是的,就是这样:我突然发现,对她而言,命数的意义就在于坦然地对待一切,一切,老年如青年,舞台如人生,激情如痛苦,给狗狗洗澡的女人如全球超级明星。她对生活的细枝末节并不惊讶,她惊讶的只是生活本身。她惊讶的是对本质——生活而发的。她不在心理学层面,而是超越了它。心理学会跟风,会过时。但形而上学不会。我用个高深的字眼,但深思熟虑之后,我还是保留了。裳曼是性灵的演员。我想说的就是,不管她演什么角色,她都把角色发展得比原来预想得更远一些,她使角色向新的领域走去,她打开了门,大家和她一起走了进去。

1996 年

《扒手》

要是让我选,近十年来电影圈发生的最重大的事件,我就选《扒手》(*Pickpochet*)。

并不是因为这部电影给了我很直接的快乐。我记得在放映过程中我甚至感到有点无聊,但这一无聊无疑是因为和我的兴趣相去甚远。不过,时间一长,回想起来,这部影片现在给我的印象要比十年前深远得多了。这种有趣的升华现象——原来是只在阅读中才有的——也蔓延到了电影界:曾有多少部电影让我在观看的时候激情澎湃而几天之后就抛诸脑后了……而《扒手》恰恰相反。也许深远的趣味和即时的趣味是成反比的。

今天的法国电影因论战变得羸弱、病态、陈

旧了。

依我看，法国电影曾经一度是世界上最有意思的电影，而近五六年来，它只是在原地打转罢了。几乎所有属于那个旧日的、辉煌的新浪潮电影现在都给我们这样的印象：扬扬自得的导演在工作的镜子里炫耀他自己。他已经努力过了，就像中学里勤奋的中学生，到了三十岁，就退休了。而且，当下的电影，尤其是年轻人的，周围围了一圈迷途的知识苍蝇——嘤嘤的唠叨声，一杯咖啡下去，又是老调重弹。文学或别的一些圈子，从来都没有像电影圈里有那么多的仇恨和苦涩。在法国，当文人不知道该干什么的时候，他就去搅和电影了。无谓的伤痛。他们为论战而论战，秉着法国"优良"传统。但这是非常枯燥无味的。我要说的就是电影批评不是概念化的。它的参照都是带着论战色彩的。

严重的是，在周围我没有看到谁，除了雷乃和布列松，投入到一部电影中去，独自一人，去冒诸如一部文学创作所要冒的风险。有哪国的电影像法国的电影那样要请求得到那么多建议?

有情感但从来没有激情。在法国电影圈里,人人都很精明,却很少有才智。但他们想表现得有学识,他们就像《电影手册》的那群人一样说话。我很愿意人们轻视学识,哦,多么希望!贝纳永(Benayoun)是对的:当一位导演想"做"学问,并竭力模仿时,简直让人避之唯恐不及!

还是回到《扒手》,这部开放的作品,它让我们看到了第三维空间,乔伊斯式的,就是乔伊斯所说的大道的一维。它本身的调子也是新的。布列松,和康定斯基有点像。是很前沿的港口。

他知道自己去向何方?这也许并不是很重要。拍电影只要知道我们想朝哪个方向上去就行了。布列松冒了这个风险。冒了对法国电影有益的风险。

又及:还有一句话。我相信总有一天,成人电影会在法国诞生,超出当下青春躁动的聚集。

我想说有几部电影已预告了这一点:《我的舅舅》(Mon oncle)、《五至七时的克莱奥》(Cléo de cinq à sept)、《好女人们》(Les Bonnes Femmes)、《别了,菲律宾》(Adieu Philippine)、《颠倒人生》(La Vie à l'envers)。

还有我很喜欢的《陪审员》(Judex)!

《64 电影》,第 88 期,1964 年 7—8 月

年轻的塞尔日和他的黑毡帽

在罗兰-加洛斯杯赛[1]期间,每天晚上我们都通电话,塞尔日·达内[2]和我。是他打的电话。他从没给过我他的电话号码。我们谈网球谈得很多,很多,可以谈上几个小时,前后都谈了有一百个小时了吧。我们谈的东西没有保存下来。我们从来没想过这可以成为一篇文章什么的。我们只是处在谈话的乐趣之中,他和我。我们都对网球有着同样的痴迷,都对生活有着同样的激情。我们的话题从博格[3]开始,最后谈到在我们眼里博格本身的形象。

---

1 罗兰-加洛斯杯赛(Roland-Garros),即法网公开赛。
2 塞尔日·达内(Serge Daney,1944—1992):法国记者、影评人,曾任《电影手册》杂志主编,死于艾滋病。
3 博格(Bjorn Brog,1956—):瑞典网球运动员,曾多次荣获世界网球大赛冠军。

对美，对博格的信任——使人疲惫不堪的——和对博格的作品、博格的音乐的性质是一样的，是形体的哲学，沉默的。达内，是他在说。甚至当他自以为缄默的时候，他也在说。当我写的时候，他在说。我回答他。他从我的回答出发又说开了。于是我们说最后用的词语都是一样的，我们深厚的友谊性质也是相同的，和爱情很接近，友谊中的爱。这种爱折射到博格身上，那天，我偷偷地哭了，他的死讯传遍了整个城市，达内戴着他的黑毡帽，仿佛几个世纪前年少瘦长的身子。

在我和他之间还有另一个回忆。一天他路过，到我家来看我，对我说："这次我不说，让你说，我来问你问题。"我们试了一试。两小时后他站起身，眼中满是泪水，他对我说："一直都是我在说，而你从不打断我。"我们拥抱了。我笑了。我笑了。我们最后拥抱了一次。

《电影手册》，第 458 期，1992 年 7—8 月

给克罗斯特先生的信

1971 年 2 月 17 日,星期三

亲爱的克罗斯特(Krost)先生,

我用法语给您回信,请您原谅。还要请您原谅我这么久才给您回信:我正着手我最后一部电影的剪辑工作,我很忙。

您关于《劳儿之劫》的提议让我颇有兴趣。但我该告诉您我的电影工作的情况。

我和俗套的电影完全是断裂的。我的工作首先是一种探索。我想在继续我们关于《劳儿之劫》的交流之前,您先看一下《摧毁吧,她说》(*Destroy, she said*)。格罗夫出版社(Grove Press)有电影的拷贝。可能您在加拿大也能看到。法国作家和哲学家对这部电影的评论很多，它代表了我上面和您提到过的断裂，除此之外，它还代表了作者和镜头之间非常奇特的关系。我个人看，制片人是不会对我现在干的事感兴趣的。我认为自己和你们这些制片人是完全分开的。要是您想和我一起工作，我要对您说的就是，我必须拥有工作的绝对自由。依我看您不会对我的工作感兴趣，除非今后的工作您能插上一脚——因为这是先锋派的工作，注定是和通常的商业片截然不同，我们的电影代表了一种契机。

这就是我要对您说的，非常诚挚地告诉您我的感想。

我刚刚结束了一部集体拍摄的电影——关于犹太人的。在这部电影中，所有人每周的薪水都是一样的。我想继续尝试走这样的道路。这是自由之路。电影花了五万新法郎。是用十六毫米的胶片拍的。美国和法国已经买了它的版权。

我打算在明年五月拍另一部电影，在芒什海

峡，要两名演员，片名叫《一个爱情故事》。这部电影和《劳儿之劫》并非没有联系。也许拍了这部电影之后我会拍《劳儿之劫》。我想在和前一部电影一样的条件下拍这些电影。我要说的就是如果您对把您的钱拿出来集体使用感兴趣的话，我当然会很高兴，但无论何种情况下，您都不会被看作通常意义上的制片人。您和很多人组成集体，只有整个集体是制片人。

这就是我要和您说的。我不认为拍某些电影要花费那么多钱。我认为钱不仅是毫无用处的，而且钱会损害这些影片——我自己参与的电影，作者电影。

告诉我您对我的态度作何感想。要是您还一如既往地感兴趣，请给我回信。不管怎么样，我肯定会保留我对《劳儿之劫》的态度：要么不拍，要么就由我自己来拍。我曾这样答复一位制片人，他想请我拍《没有门的地方》(*A Place Without Doors*)，这部影片刚刚在纽约取得了巨大的成功：要么是我，要么谁也别想。

您非常友好的。

电影杂志《Trafic》，第 7 期，1993 年夏

给史密斯先生的信

巴黎，1971年2月27日

亲爱的史密斯先生，

我收到了剧本大纲。我觉得很好。我拖了那么久才给您回信，是因为我在完成一部电影。其次也由于我要跟您说的话得事先经过颇长时间的思考。

这就是：尽我所能去拍摄一些没有制片人的电影。在我拍摄新近完成的电影《黄色的光线》[1]之前，我对此还不肯定。现在我已确信无疑了。我坚持要拍摄一些集体影片，也就是说所有为影片工作的人都是制片人，和那些提供资金的人地位相

---

[1] 即《黄色的，太阳》。——原注

同。《黄色的光线》就是按这种方式拍成的，所有人的报酬是一样的。我挣的钱和音响助理一样，和演员也一样。所有人每周的薪水都是一样的，重要的并不是工作的质量，而仅仅只是工作的数量。工资作为衡量制片人投资额的基础。比如，某人为集体投资一百万，他所得的报酬就相当于一位能干值一百万的活儿的工作人员所得的报酬，按同等工资算。所以金钱没有任何特权。我想按这种方式来办是不可能让哪一位职业制片人感兴趣的。我想继续走这条路，这条所有人的自由之路。一旦人们尝试了这条路，再回头是不可能的了。过去的种种就成了和中世纪一样不可能的事物了。

我白白想了很久，思量来思量去，耗资巨大的电影已引不起我的兴趣了。靠一部电影赚钱，这我才不在乎呢。我所追求的，就是干我真正想干的事。我拍的电影是很晦涩的电影，探索的电影。这正是我的追求。

您给我的剧本大纲作为商业电影还是很有看

头的。它很好地展示了故事。但它并没有推进电影的叙事艺术。至多，这部电影会是一部很不错的电影，但绝不会和我们看过的电影有什么不同。而我，在《英国情人》一片中，我所感兴趣的就是回到女人在问话时所表现出的那种疯狂。过去——我想了很久——是电影所无法表现的。任何影像都不足以再现二十岁时的爱情。我反对由一位年轻女子饰演这一角色。很坚决，我反对。我想要的是真实：当人们超越了现在，人们就失去了眼中的真实。和阿道尔夫的爱情是不可能的。但如果妻子是个年轻姑娘，爱情就变得平常、容易，等等。

总之，我想拍的电影只要花费很少的钱，面向很少的观众，从本质上看。还有，那就是我要让它们在完全自由的情况下完成。有一些和我一样的人在近几年来变化很多，他们几乎完全脱离了"系统"——系统已经完全沦为商业电影制作过程的组成部分。一位加拿大的制片人刚建议我拍我的一部小说，用你们提供的钱我都可以拍十部集体电影了。我拒绝了这笔只用来拍一部电影的钱。在我踏上这条自由又正确的道路以来，如果我重新开始出卖我的文学（不管从何种意义），我都会觉得是一种堕落。我不需要为自己挣很多很多的钱。

我想，亲爱的史密斯先生，已经对您说了我的想法。要是您想把您部分的钱放在我乌托邦式、自由的事业上，那就放吧。但在任何情形下您都不能成为我负责拍摄的《英国情人》或其他什么电影的制片人。《黄色的光线》的制片费用，所有的加在一起，是五万新法郎。您瞧，我们是在两个彼此隔离的世界！

相信我对您的诚意。

电影杂志《Trafic》，第 7 期，1993 年夏

我过去常想……

我过去常想人与人之间教育的差异,气候的差异,地理上的差异,年轻人和成人们。我想象生在印度支那和生在佛兰德斯的区别,出生在一个受过不公正的待遇、远离精神的土著学校女教师的家庭,和出生在一个富有却没心没肺、只想着他的钱财的男人家中的区别。我相信这些差别,除了这些差别我从来没想过别的。我再也不相信任何东西了。

对接踵而来的一代代人来说,已经没有什么了不起的东西好推荐的了,除了纯粹的智力,既没有时代的结构又没有形势的支持。什么也不能填满他们的心灵,精神不能,政治也不能,于是他们感到自己被抛弃了,他们选择了经济和社会的浪漫悲观主义，要么是体育，要么是一种毫无天分可言、引起丑闻巷议的文学。但智力，他们回避的倒是更多。这是可怕的、烧毁的大陆，那儿什么也没有，人们并不知道。这里没有什么派得上用场。没有什么是值得去学，值得一看的。所有的前因后果都消隐了。所有的相互关系（？）。我们要么聪明到接近不可思议，要么就不是聪明。

我认为当我二十五岁的时候我已经是一位苍老的妇人了。我读《圣经》、马克思，还读一点克尔凯郭尔[1]、帕斯卡、斯宾诺莎[2]，但不读黑格尔[3]，也不读萨特。我就在那儿，很自觉地，我想学习，我相信我们可以学习，我用了诸如经验、生活之类的词语。我相信可以从比我们年长的人，从自然界，从我们认识的事物、我们阅读的书中学习。

1　克尔凯郭尔（Kierkegaard，1813—1855）：丹麦出生的十九世纪著名的宗教哲学家，被认为是存在主义的创始人。
2　斯宾诺莎（Spinoza，1632—1677）：十七世纪唯理性主义者，形而上学的哲学家，出生于荷兰。著有《伦理学》。
3　黑格尔（Hegel，1770—1831）：德国绝对唯心主义者。

就是看《圣经》的时候我不再学习了。我们浪费了很多时间。我再也不相信任何东西了。我们阅读一本书，我们就成了那本书，没有和写书的作者这个主体有什么联系。你看《劳儿之劫》，你就成了劳儿·V.斯泰因，你成了她，却和我毫不相干。我在其间什么也不是，彻底结束了。是我创作了它。名字将继续存在，这就是一切。我将为这种无名去死，为作者死去。我为写作而死。写作并不能帮助我多活一秒钟。有助于存在的就是此时此刻，短暂的，稍纵即逝的。没有任何别的概念。没有很近的、即刻的计划。即使过了一百年，《劳儿之劫》依然是一部古典作品，这与我毫不相干。人们认为"在身后留下什么东西"会有助于个人的永恒，这真是不可思议。真切、可怕的需要就是过日子。是全人类的绝望。绝望有它的"理由"。如果生是死的起源，那么逃避死亡又有何益？人们编造了众神、诗歌和自杀，这真是可憎。但知道这一切都是些陷阱，人们可以活得更好。

要是到了 2050 年人们还在看《劳儿之劫》，我会死得更安心。唯一反对死亡的药方就是自杀。

问题——我曾经说过，我还要重提——就是如何填满生命的时间。最好是去填满它而不是不去填满它，因为忙碌中，有时会在这些迷人的时刻，人们忘记了死亡，忘记有限，忘记逝水流年。生活使生命无限。怎样才能说服自己？那么最好就是不要再做我现在所做的事：写作。最好就是无为。要是我们真能换点别的干干，比如无所事事，也许最好就是无所事事。但不要相信人们的所作所为会对死期大限有什么影响。死亡的观念在整个的一生，牛、马、人、傻瓜、天才身上都时刻存在，对无法永恒，注定要韶华逝尽的绝对的恐惧。为什么要害怕、畏惧死亡呢？现在的时尚就是否认死亡。去反对人类原先接受的死亡教育。不—死。在广岛的残疾人中有那么一个人，他无法入睡，两年来他没睡过觉，他因无法入睡最终死去，但两年快结束的时候,他已经不能算是一个人了,他看着前来看望他的儿女却一点也认不出他们了。他的心脏一直跳动着,时不时地他睁开眼睛看一看。他一点也不能动了。他一句话也不能说了。他胖了许多,他成了一堆只有眼皮还会间歇跳动的肉冻。大家知道眼皮这样子跳是睡不着觉的。在广岛所有的惨剧中我最经常想起的就是这一桩。这位两年都睡不着觉的男子。只有广岛才有这样的事存在。它是无法解释的。我从来没能去解释这一折磨。

女人身上有一种真正的野性,男人都是思想家的牺牲品,他们处在一种复制的状态,习得的态度,对性的态度,对知识,对社会,等等。现在女人去森林,她们要比男人自由得多。

男人们就像1910年时的女人一样娘娘腔,而我们,女人们就像1981年的女人一样女性。男人在沿袭,女人则在开拓。所有男人给出的论据都是学来的,而女人给出的却是她们创造出来的。

在一个男人和一个女人之间不可能争吵。男人们都倦怠了，他们都有一点儿病态，有点儿自戕倾向，他们没有真正的好奇心，他们有一种负罪感。未来是女性的。我这样说的时候有点悲伤，因为我很希望未来是属于两性的，但我认为它是女性的。男人都病了，缺乏阳刚之气，还有，还有。

我爱男人，我只喜欢这个。

应该结束对表达方式的成见。要是想展示一个场景，同样也可以展示它是怎么拍成的，摄影机是怎样拍摄这一场景的。摄影机拍出来的场景同样是电影。给公众展示电影是如何拍摄的，这也属于电影。不让摄影机露面，不把准备阶段的东西展示出来，就和不把金钱、不把电影运转的金钱列车展露出来是一样的。在电影市场和石油、小麦、黄金、武器市场之间，有一种完全的等同。我让摄影机露面。我向大家展示一部电影是怎样拍摄的。人们说这里牵扯到了让电影消亡的动机，而我这样做的时候可能并没有这样的企图。

常常在电影拍到一半,我对它没有信心了,于是我放弃了,我无法抵挡这种被我称作"谋杀"的诱惑。我想世界上所有的电影工作者都对我无比憎恶。我只爱自己的电影。我认为那些花几亿去拍片的电影工作者不能在影片上署自己的名字。而我肯定能在我所有的电影上署上自己的名字,就像我给自己的书署名一样。要是有什么东西是署上我的名字的,那就是我的工作。

导演、电影制作者在我看来都属于无产阶级,是体力劳动者,是穷人。他们都处于被异化的境地。真正的自由就是这一理想,做自己想做的,相信自己可以无视命运。

有些人觉得不需要说话、不需要回答、不需要知道、不需要看,他们就在那儿,活着,但是,没有其他的理由,只是把心脏关在胸膛的牢笼里,关在一个根据令人赞叹的共有参照分布的神经系统里。我完全允许他们这样，但他们不应该做美国电影的翻版，没有这个必要。我有一种感觉，有很多精力是用在使人们保持一成不变上的，为了让芸芸众生按着老样子，就是众口一词，在那里，已经不需要人口统计学的数据了。

在每个人身上都有一种可悲的、疯狂的企图：希望自己和所有人都一样，这种认同从爱你，爱到要死，进而到爱每一个人，想要为爱你而死，又想自己和那些永远都不会爱你的人一样。人们想在爱中消亡，爱情是自我的终结，人们想以同样的方式死去，也就是死于同一种爱情，也就是去找回这种不可能的、不被大家理解并接受的认同，对乱伦的认同。我对这一作为开始的方程式深信不疑，它是针对所有人的。

虚无，就是无限。这完全是平行的，是同一

个词语。生活是彻头彻尾的虚无，是无限，在必须生活而日子又过不下去的时候，人们给虚无找了权宜之计。并不因为上帝不存在，人们就得自杀。因为"上帝不存在"这一说法没有任何意义。什么都无法替代上帝的不存在。他的缺席是无法替代的、美妙的、本质的、天才的。让我们处于快乐之中，由"上帝"这个词引起的快乐的绝望之中。这很难让人苟同，但我认为这也是明摆着的。《卡车》中的女人，她就是日复一日地生活在没有上帝的快乐之中，没有计划，没有任何参照，总是乐于去看，去看白天、黑夜，去遇上卡车司机和法共和法国总工会的肮脏的家伙。

快乐的绝望并不是活下去的理由，而是不自戕的理由——自戕是天真的，是精神的懦弱。生命在那里，在每个人身上，它是给予的，尽管简单却奇妙，为什么拒绝这难以解决的挑战。拒绝生命就是信命。我们无法走出去，生活就是劫后余生，不可能有另一种生活方式。自杀是愚蠢的，在否定的时候却给了生命某种意义，什么都没有，除了生命。所有人都有逃离生命、自杀的方式，但所有的民主都有它的天真、贫乏之处，甚至现在的这个民主。生活没有别的答案，除了活下去。

　　孩子们的笑，他们的快乐，他们的疯笑，似乎这才是生活唯一的、真正的需要。

　　一切的一切，最天真的应该是萨特。所有的理论、所有的思想都是泛滥的。就在我写下这些的时候，对我来说还是完全真实的。我们只应该一板一眼地描写现实：晚上九点，六月末，炎热，越过高高的篱笆是夜晚昏黄的光线。我记下了这些荒诞。

　　对政治的失望，我从没有从中恢复过来。从来没有。就是越过了这份天真我成了一名作家。对萨特和其他人来说，光有战斗精神是远远不够的，应该走上讲台。传播思想，那里才是最合适的，因为人们都渴望听到理由。这便是天真的所在。幸福，就是对无法满足的认知，认识到我们都处于无法满足的境地，同时这个问题是解决不了的。这是个伪命题。进行法国大革命、唤起大众或许是必要的，但说不准这根本就是天真。说不准这一假说，它给机制，给马克思主义造成的危害最大。要是马克思主义完了，就是因为这种从法国大革命以来到1917年俄国革命期间形成的思想和命运，也就是人民的幸福这一概念。所有人的幸福向来不能带来个人的幸福，而个人的幸福同样无法带来所有人的幸福。幸福的概念是个人的、个体的、个人主义的，什么情况下都不可能从全社会的角度去实现。社会不能决定幸福。要是我的幸福是去偷、去杀人，社会是不会赋予我这份幸福的。最根本的愚蠢就在于这种对马克思主义道德观的解读中。

可悲的是幸福是属于个人范畴的，它不是社会所给予的。幸福现在成了一个倒退的概念，是一种社会学的愚蠢，但这也许是本质的。

我呢，给我的存在以新鲜感的——我希望它只在我死后才停止——就是人们创造了上帝，还有音乐，还有写作。绝不是十字军东征、马克思或是大革命，毋宁说它是所有波德莱尔的诗歌，一首兰波的诗，所有贝多芬、莫扎特、巴赫，还有我自己。我想大革命给人类、给人类的思想史都带来了危害。我想这就是我曾经信仰并加入多年的主义，这是深邃的愚蠢——从严肃意义上而言——就像人们所谓的深邃的智力。现在我们千方百计要摆脱的还是，总是这种主义，它让人不再自由地去感受新鲜事物，即兴的东西，去聆听女人的、孩子的、疯子的声音，等等。一切都被僵化了、固定了。这就是病。

除了智慧，没有幸福可言。我认为像卢梭、蒙田、狄德罗这样的人企及了幸福。

我谈母爱谈得很多，那是因为它是我所知道

的唯一的无条件的爱。它永远不会停止,是所有艰难岁月的港湾。对此毫无办法,这是一场灾难,世界上唯一的,美妙的。

我独自一人生活了有十多年了,是我曾经拥有的最丰盈的生活。

《杜拉斯拍电影》,由热罗姆·博茹尔和让·马斯科洛导演,1981 年

母亲们

写自己的工作是很难的。说什么呢?我谈起了她,母亲。《树上的岁月》里的母亲和《抵挡太平洋的堤坝》里的母亲是一样的。是我们的。也是你们的。同样也是我的。这位我所熟识并热爱的人是一位法国女人。是法国北部的女人。佛兰德斯种植者的女儿,欧洲北部无边无际、平原麦田的女儿。如果还活着,她现在该有一百多岁了(四十岁上下生下了最后一个孩子)。好学生。获奖学金——和日后的我一样——她进了师范学校。二十五岁那年,她去了印度支那——原本该在那里待上五年:1905—1910。在那里,在那些偏僻的乡村,她教当地安南小孩法语和算术。那时候,在印度支那抢劫成风,同样风行的还有麻风病、饥荒和霍乱。什么都阻止不了母亲，年轻时的这段岁月对她来说是一种幸福。之后她结了婚，我们降临了：三个孩子。

当我现在想到她的时候，我看到的还是年轻时用娘家姓名的她——玛丽·勒格朗。

不过祖父是西班牙人，这就是为什么玛丽既有乌黑的头发，又有金发女郎明亮的绿眼睛。守寡，还年轻——她那时约摸四十一岁，三个孩子，一份小小的差事，贫困盘踞在她的生活中，几乎成了永久的房客。我现在想起她来，还是一副越南村妇、稻田流浪女的模样。固执。对孩子爱极了。她成了对我们的爱的殉道者。因为，当然了，她认为有必要学习并谋取一份稳定的工作，以便减轻生活中的不幸。我终究认为她是我们童年最初的幸运：这位妇人憎恶艺术，不管是何种形式的，她什么书也不看，从来不去剧院，不去影院——真是一块原始的土地。我们就在这块土地上降生了。不，我没有一位迷恋绘画或音乐的母亲。对我母亲而言，没有什么是"令人陶醉""美丽""有趣"的。什么都不，除了日常生活的际遇、工作、吃饭、睡觉和对三个"格诺"[1]的爱。也许在她以后，我再也碰不到把每一天都当作一种轰轰烈烈的新鲜事来过的人了。

当我写《树上的岁月》时，这本书在我看来仿佛，是的，我相信只是关于母亲对儿子的爱——疯狂的爱，如潮水一般，席卷了一切。我现在却在思量，这一景象在剧中是否占了主要位置，另一个与之比肩的景象，也就是两个女人之间的关系，母亲和小妓女——儿子的女友，玛尔塞尔[2]。她们俩对雅克，这个宠儿同样深厚的爱使她们彼此接近，尽管她们之间存在着种种社会差别——表面上是无法超越的。在二十五岁的妓女和七十六岁的有着无可指摘的过去的母亲之间。剧中未曾预见到的景象今

---

[1] "格诺"，越南语，意为"孩子"。——原注
[2] 玛尔塞尔，《树上的岁月》中的人物。

年冬天在奥赛剧院同样也赋予了它未曾预见的新的活力。这很奇特，文本的价值可以被揭示出来，虽然我们因为对自然的事物反应迟缓而未曾看见，就像这里，女人和爱情的价值。

二十年前剧中还有一些地方让我觉得可耻，知道儿子不工作，成天玩纸牌赌钱，现在这却一点也不让我觉得难堪了。甚至他偷母亲的钱都不会让我产生像童年时一样的羞耻感了。耻辱离开了。让我震惊的是儿子对玛尔塞尔的粗暴，或者说是她，玛尔塞尔对他的容忍。只要一句她一直不说，或她只在剧终才说的话就可以停止这一话语的积习。儿子在我看来比女人们要更加孤单。随着风俗的变迁——近十年来变化是惊人的，儿子在我看来比以前要亲切了。他独自一人，不再年轻。他还拥有着他的母亲，和二十岁时一样。这位母亲爱他胜过一切，胜过我们，胜过任何人。而他，不知道她对他倾注的无边爱恋，则希望她死去，希望自己再也不要成为任何人的宠儿,好让他最终被共同的命运吞没,跌进世界上孤儿们的共同的深渊。

当我发表了此书后,我到母亲在卢瓦河边最后买的房子里去看她。母亲见了我,独自一人,躺着,穿着黑色衣裳,仿佛新近刚服丧似的。她拒绝和我说话,拒绝拥抱我。她只对我说她不明白我怎么能编出这么个故事,编出《树上的岁月》里关于儿子的如此离谱的故事。她又补充说她对孩子们都是一视同仁的,她为三个孩子做出的牺牲也是一样的。我试着向她解释说,对某个孩子的偏爱是从一些几乎无法觉察的、极其细微的细节中表露出来的,尽管母亲对此没有任何责任,但这种有所区别的爱对那些不得宠的孩子来说无疑是不幸的。母亲根本就听不进去,她说她听不懂我在胡扯些什么。她说了她是多么遗憾我写书而不是干别的什么,比方做生意或回到北方这块土地什么的,我离开了,任她躺在殉道者母亲的床上。她的关于做生意的话都被白纸黑字写进该剧的剧本里。

不,最后一次去看儿子,最后一次在欧洲旅游回来后,她没有马上去世。她之后过了很久才死去,被战争驱赶,远离业已成为她的祖国的印度支那。孑然一身,八十岁了。临终时,她叫着我的长兄。她只要他陪在身边,只要这个儿子。我当时也在房间里,我看见他们拥抱着、哭泣着,因生离死别而绝望。他们没有看见我。

《世界报》,1977 年 2 月 10 日

我母亲有……

我的母亲有绿色的眼睛、黑色的头发。她叫玛丽·奥古斯蒂娜·阿德琳娜·勒格朗。她是农民出身,农场主的女儿,靠近敦刻尔克。她有一个姊妹和七个兄弟。她上了师范学校,获奖学金,之后她在敦刻尔克任教。在视察工作的次日,视察员来她的班上向她求婚。一见钟情。他们结了婚,去了印度支那。那是在 1900—1903 年间。是一种介入,一种冒险,也是一种狂热,不是为了发财,而是为了成功。他们就像英雄、先锋一样出发了,他们乘着牛车去访问一所所学校,他们带去了一切,笔、纸还有墨水。他们被当时的那些宣传画报给征服了,就像是对士兵发出的:"加入吧!"

她美丽,我的母亲,她魅力无穷。很多男人

都对她动过脑筋,但依我看,婚姻以外,什么都没有发生。她光彩照人,口齿伶俐。我记得在晚会上人人都在争夺她。她是无法替代的,非常有趣,笑容很多且发自内心。她不爱俏,她只满足于能常常洗澡,她总是非常整洁。她有一位裁缝师傅,但她不知道该叫他为自己做些什么。我也一样,直到十四五岁,我还像她一样穿着布袋子般的裙子。但男人们开始对我感兴趣后,我对穿戴就上心多了。于是母亲叫人给我做了些不可思议的裙子,有镶边,这让我看起来就像一个灯罩。我什么都穿。

我写了那么多关于母亲的事。可以说我欠了她一切。在日常生活中,我没有干过什么她没干过的事。比如,我做菜的方法,做萝卜土豆烩羊肉,做白汁块肉。我对储存食物有浓厚的兴趣,她也是。这一点我在家里让大家厌烦。要是事先没有备好一瓶油的话,菜是做不成的。这很正常。只买一瓶油是不正常的,只用一瓶油能做出什么菜呢?什么问题！留给我的，和母亲一样的是一种恐惧，就像对那些微生物的恐惧，总是觉得有消毒的必要。这源自我在殖民地时代的童年经历。要说我母亲有一种实践的聪明才智的话，她根本就不管家里面的事。好像家是不存在的。好像家只是临时的一个居所，一个等候室而已。但地是每天都要清洗的。我想我从没见过比我母亲更爱干净的人。

当我父亲去世时，我四岁[1]，我的两个哥哥，一个七岁，一个九岁。于是母亲也担当起了父亲的责任，养家糊口，担负起保护我们、对抗死亡、对抗疾病——当时有的是对霍乱的恐惧——的责任。我们三个孩子都疯狂地爱着母亲，我们是应该让她幸福的。她需要我们的爱，她对我们的爱有点歇斯底里，特别是对我的长兄。就是为了我们她才重执教鞭，之后，为了让她那微薄的乡村教师的薪水变出钱来，她用二十年的积蓄买了那要命的土地经营

---

1 杜拉斯的父亲去世于 1921 年，当时她 7 岁，这里可能是她记错了。

权。大家都知道故事的原委，她的失败，被骗的愤怒。这次失败对我而言是一幅不幸的图景，比烧掉了一所大房子还要严重。她差点疯掉。我还记得情绪发作引起的狂乱，在她失去知觉之前让她像得了癫痫般抽搐。看到她那个样子我们都很害怕，我们像一群小疯子一样大喊大叫。那一时期，笑容在她的脸上消失了，这是灾难。我们一无所有，高利贷者在一旁虎视眈眈。我们，我们看到了这一切。我对自己说："假如生活就是这样！"

她爱我们，但她从来也不温柔，我的母亲。我也一样，我对温存嗤之以鼻。在我们家，人们从来都不彼此拥抱，从来都不相互握手，从来都不互相问好。从来都不互祝新年好、节日快乐什么的，那只会让我们觉得可笑。也许走的时候会打个手势，仅此而已！只是在后来我才知道我是多么缺乏这些。当我回到法国，必须彼此拥抱，相互问安，种种俗套，我根本就办不到。

我写的东西，我母亲并不喜欢，一点也不。她总是不停地对我说："你，你天生是做生意的材料。你应该做生意。"我母亲，农民的女儿，一辈子都遗憾没有做生意。从一开始，她就对我的书毫不理解。她是某种文学盲。也许对这一职业的反对是我们第一次分开住的原因。她只看到了不严肃、社交的、巴黎式的、新闻式的笔法。街头小报的一面。当然，她对成功，对关于我的书的评论还是非常敏感的。她在她之后，把我塑造成了，我不知道是否可以称之为"骄傲"。也许，我就是她的一张牌，她打出的报复生活的一张牌。

我母亲首先是一位教师，她以我为傲，因为我曾是她的学生。一个好学生。我十一岁时就通过了学历证书的考试，我本来可以免考的。教师们，那时候，她们的拼写教得很好。听写我得了满分二十分。评语是非常优秀。那一天对母亲来说是莫大的幸福。所有的人都在问我是哪家的孩子。我记得人们指着坐在板凳尽头的小姑娘,问她是从哪儿来的?她是从乡村来的。在那里,有四年时间,我只说越南话。我害怕。那是在西贡。证书是在一所空荡荡的大学堂里考的。这是我第一次看到这么多的白人。我母亲简直受不了我的两个兄长,他们,他们甚至都没有通过学历证书的考试。他们什么也做不成,学校对他们根本就没有吸引力,他们十岁左右就辍学了。结果就是,为了他们俩,母亲简直都破了产,她为他们联系上函授学校、通用学校、维奥莱学校[1],为我的长兄。而这也仅仅持续了两天。

对待教学,她是很认真的。我母亲和其他女教师,是她们给越南带去了法国文化。她手把手教过的学生不下一万。她非常受人爱戴,也许还因为她的慷慨吧。她受不了有哪位学生不能来上学,因为

---

[1] 通用学校、维奥莱学校,两所法国的函授学校的名称。

太穷，买不起学习用品。那时我们住的房子相当不错，有一层是砌了地砖的。她到处都铺上席子，给那些家住得远的女孩子留宿，她给她们提供晚餐。对她来说，这再自然不过了。这就是为什么，人们和我谈起殖民主义的时候，我总是有所保留。男教师真的都是一群狂热的公务员，他们不要命地工作，钱却挣得很少，和海关人员、邮差一起干的都是挣钱最少的行当。我母亲，当她买土地经营权的时候，根本就没想过贿赂或一些见不得人的把戏。我想我是从母亲那里遗传了正直的个性。我过去也曾说过："我就和我母亲一样诚实，骨子里的。"

当母亲说我是她最优秀的学生的时候，我并不很了解，我对此不屑一顾。只是因为我对学习兴趣很浓。对我而言，尤为重要的是别的老师说我是一个好学生。她一心一意希望我成为一名数学老师，于是我注册在"数学专业"。在学年中间，我就离开了。

我很钦佩在购买土地经营权失败后，母亲并

没有屈服。她拿了她的教师退休金,但她又把钱花在了创办一所法语学校上,学校很快就塞满了印度支那和法国的学生。她在那里授的课是如此清晰浅显,所有孩子都能理解,哪怕是那些在其他学校毫无长进的学生。许多家庭都谈到了此事,故而她的学校挤满了学生。她知道如何管理人员,她在人们眼中一直都有一种难以置信的权威。

虽然我母亲是教师,她不阅读。她从来没有看过什么书。她也不给我们买书。我孩提时拥有的唯一的书本,是她获得的奖品:维克多·雨果的《悲惨世界》,有插图,是居斯塔夫·多雷[1]画的。还有一本写的是一位在印度支那的女人,是克里斯蒂娜·富尼埃[2]写的。还有皮埃尔·洛蒂[3]的书,戴

---

[1] 居斯塔夫·多雷(Gustave Doré,1832—1883):十九世纪后期法国插图画家。
[2] 克里斯蒂娜·富尼埃(Christiane Fournier,1918—2002):1930年代生活在印度支那的法国女作家。
[3] 皮埃尔·洛蒂(Pierre Loti,1850—1923):法国小说家,作品中的异国情调让他享有盛名。著有《冰岛渔夫》《菊子夫人》。

利[1]、罗兰·多热莱斯[2]的书和一本维克多·玛格丽特[3]的小说《假小子》(La Garçonne)。除了教科书，母亲并不乐意看到我在看书。她看见我在看课外书就骂骂咧咧，她说看闲书根本就是浪费学习时间。但是我记得她还是给我看米什莱[4]的书，是合她口味的那类作家。她说他是最伟大的、永恒的作家之一。我一直也是这样认为的。还有勒南[5]。我现在重读他的关于基督教的书，《耶稣传》，要是我没记错的话，是密特朗最喜欢的书。还有关于圣女贞德的书。

1　戴利（Delly）是让-玛丽·珀蒂让·德·拉罗谢尔（Jeanne-Marie Petitjean de La Rosière，1875—1947）和弗雷德里克·珀蒂让·德·拉罗谢尔（Frédéric Petitjean de La Rosière，1876—1949）姐弟二人合用的笔名，以写流行言情小说见长。

2　罗兰·多热莱斯（Roland Dorgelès，1885—1973）：法国作家，著有《木十字架》《蓝色地平线》等。

3　维克多·玛格丽特（Victor Marguerite，1866—1942）：法国作家，龚古尔奖最早的评委之一。

4　米什莱（Jules Michelet，1798—1874）：法国最早和最伟大的民族主义和浪漫主义历史学家之一。

5　勒南（Ernest Renan，1823—1892）：法国哲学家、历史学家和宗教学家，著有《耶稣传》。

我认为从文学的角度来说，哪位作家的母亲都不及我母亲。我母亲是个伟大的人物，同样也是喜剧人物。她有所有伟大人物所需的一切。她有她疯狂的一面，就像买土地经营权一事，但她同时又很清醒。这种对立使"伟大人物"在我加入法国共产党时差点要死去。但她不是我作品的主要人物，也不是贯穿始终的。不是，只有我是永远的人物。写作，就是为自己写作。

我想我过去爱母亲胜过一切，但一切在瞬间就全瓦解了。我想那是在我有了自己的孩子之后。或者是在《抵挡太平洋的堤坝》拍成电影之后。她当时都不想见我。最后她还是允许我去了她家，她对我说："你本应该等我死后再……"我没有理解，以为是一时意气用事，但其实一点都不。我们认为是她的光荣，而她从中看到的只是自己的失败。这一裂痕不管我费多大的气力都弥补不了，因为她对此根本就听不进去半点解释。其他分歧也接踵而来。难道不是因为对我大哥的那份偏爱？我对此不想再多说什么了。她爱长子就像人们爱一个汉子、一个男人一样，因为我哥哥长得高大、英俊、孔武有力，是位瓦伦蒂诺般的如意情郎，我的小哥哥和我站在他身边就像小矮人一样。

我想我母亲的一个问题就是她从来都没有和男人们有过什么故事。我感觉她对这方面是完全无知的。人们告诉我说我父亲非常爱我母亲，而她却不很爱他。我很希望她对哥哥的偏爱是可以让人忍受的。但这变得让人难以忍受，尤其是她在我哥哥的唆使下打我。他看着她，对她说："去狠狠地揍她！"他递给她一些树枝、扫帚柄。她就扑过来揍我，是的，当我和男人鬼混的时候。不扇耳光，而是用脚踢或用棍子打，我哥哥则在一边帮忙。一天，所有的事情对我来说都明朗了，但已经晚了。

我们不会和母亲推心置腹。不过，小的时候，我什么都跟她说，我有了中国情人之后就不再这么干了。我哥哥说我的举止就像一个外人。她对我的生活的一部分永远都是不了解的。比如她不知道我二十岁那年,在法国,我流产了,是个富家子弟搞出来的。我还未成年,他父母不想有什么瓜葛,让人给我伪造了证件,上面写着:阑尾炎。

今天,我不再爱我的母亲了。当我讲到她的时候,我只是感动。但也许是我在她面前的形象让我自己感动。

在她生命的最后,她依然是脱离我,就像我脱离她一样。所幸的是她还有儿子。她住在图赖讷(Touraine)。我呢,我只是去看望她,给她做饭而已,因为她说没有人像我那样煮肉的。我开六小时的车只是为了给她做一份牛排。她满脑子想的全是她的儿子。她对他老是放心不下。我不知道她自己怎么受得了这样。今天,她和他葬在一起。在墓穴里只有两个位置。这一切不可能不让我对她的爱有所减少。

我在谈起她的时候，之所以会感兴趣，会动感情，是因为她的这份偏爱使她成为罪人的同时也成了牺牲品。她给我的印象，并不是什么好印象，而且不是非常清晰。我回想起她阻止我拥抱她，拒绝握我的手，说："让我安静一会……"我老是写她，她老是在那里。但是，比如，今天，我觉得我父亲比她更迷人。在墙上，我挂了成堆的家人的照片。就像这张照片，瞧瞧，我小哥哥是多么淳朴，而我大哥却已经有那种倨傲、上流社会的微笑了。我在生活中与他们是格格不入的。在写作的时候作家把自己和他人疏离开来。但是今天，当死亡渐渐靠近，我觉得这位妇人在我眼中已远远不像以前那样不得体了。

　　昨天，我很高兴，就像是得到了一种预料之外的报复，看见我母亲和我哥哥叫嚣着说对方偷了我带回家里的钱。这笔钱是我给几个男孩子做家教挣的，他们或多或少都有点迷恋我。当时，我是想为哥哥的情妇付安葬费的，我母亲最终拥有了这笔钱。今天，我对自己说我没有资格指责母亲任何东西。我承认她对另外两个孩子付出的爱要少一些，但我在身边也看到了类似的情形，我对自己说，好吧，这是常有的事。但，做不受宠的孩子，这一直让我感到很害怕。

我写过我母亲代表了疯狂。难道孩子们不是常把母亲当成疯子吗？不是经常能听到人们说"我母亲，是个傻子，是个疯子"？这并不妨碍我们爱她。我也一样，我也是母亲。我疯狂吗？我不知道，但我教育儿子极不成功。在他之前我失去了一个孩子，是生产的时候，他为此而痛苦。我太溺爱他了。我时刻都在担心他。最终，我想母爱就是有些不恰当的。所有游戏母亲都会自由发挥。我记得母亲在和我们一起玩打仗游戏的时候，在我们面前唱《桑布尔和默兹》[1]。她拿棍子当长枪，唱着歌，之后哭了，不停地哭，因为她想起了在凡尔登战役

---

1 《桑布尔和默兹》(*Sambre et Meuse*)是第一次世界大战时期的歌曲，桑布尔和默兹为战区的两条河流。

中死去的兄弟。我们也哭了。之后，我们说："好了，她疯了。"

选自《致我的母亲》，马塞尔·比西奥，卡特琳娜·雅洛莱

皮埃尔·奥雷出版社，1988年

情人们

忠诚，对所有的年轻人来说，是爱情故事的准则。为什么不呢？强加的、要命的忠诚是那种刻骨铭心的爱情的代价，就是想永远拥有心上人，伴其左右，一刻也不分离，人们倾注的爱和欲望愈是强烈，做出的牺牲愈大，就愈是觉得爱人珍贵。这种带有牺牲性质的关系和宗教上的惩罚和赦罪的关系是一样的。今后这可能也会存在于别的方面，但形象却是一样的。没有什么策略在"获取"生命的时间、它在本质的延续上，比这种方式更激烈、更动人。

情人间的忠诚也可能是节制情人之间的性行为。因为做爱，真正的做爱并不是重复，而是在唯一的恋人、唯一的欲望中发现那陌生的、无法替代的新事物。罪恶就在于此,并不是错误。否则就不是做爱。否则就什么都不是。孩提时的不良习惯,充其量就如说脏话,或确切地说,没有受到良好的教育。

拉法耶特夫人的"情人们"还有那些宫廷的爱情,爱对他们而言是外界强加的,领主或亲王定下的,除非是冒着砍头的危险,否则只能进行精神上的交流。而在当今的情人们认定的这种奇异的殉道中,有一种他们彼此间,也只有他们自己才能感觉到的高度精神上的需求。目的在于尝试打开激情的持久之路,守着它,不让它逃往别处。

在这种尝试的旁边,不忠在今天的位置就跟我们爷爷奶奶那时候忠诚占的位置一样。两者间几乎是完全对等的。现在人们对不忠的执着和当初人们对忠诚的执着是一样的。经常人们在一点欲望都没有的情况下做爱,那种光着身子以卫生的名义套上的东西,让我,我得承认,有一点想呕吐的感觉。

对于接受咨询的年轻人的其余爱好,礼物和

一些示爱的言语我就不展开了。同样也说到了柔情，但我从来都不太明白，我不知道它在爱中到底占据了一个怎样的位置。

谈到此，我对调查的结果并不相信。我想人们回答的都不是自己的情况，所以就相当于什么都没有回答。我只能知道我的朋友的情况，尽管我们也不谈及这个方面。我知道我从来就不认识什么女人，哪怕是仅有的一个，谈到见证了某次爱的礼物，或者起到同样作用的表白或情话。我不认识其他女人。我在大街上、商店里、办公室的门口看到她们。是的，在我看来，她们变了，女人们变了。人们可以说她们现在没有以前好看了，衣着过于宽大，看不出曲线，女性的美，从同性恋的角度看，可能就是十八到二十岁的年轻人的美，但只是第一眼的印象。

二十年前，街上还能听到女人走路的声音。就像聆听天籁一样。高跟鞋踩在路上的声音，人们远远就能听到。细细的鞋跟，有十厘米高，发出的声音和穿了四十年的六厘米高的皮质鞋跟不同。女人，我们中间有很多都喜爱香奈尔，过膝的半截裙，收腰宽下摆的上衣，还有首饰。我认识一位女子，让娜，是香奈尔的款式、制服、模子，从模子里出来的每天都有变化。让娜是地道的香奈尔，香水、颜色、项链，傍晚的香奈尔，午夜的香奈尔。一天她变了，不再戴首饰，一身直筒裙，灰色或桂皮色的法兰绒，硬领子。都结束了。女人们走路走得不好？是的，有一点。她们要么迈着运动员的步子，要么匆匆从一地奔向另一地。让娜走路就是走路，什么也不为。人们看她，她也任人家看。人们冲她微笑，她也笑颜以对。当她和一个男人做爱，她就堕入他的情网。当爱已成过去，她就离他而去，让位置空出来。当爱继续，爱就接管她的整个生命，直到大西洋的两岸。我不知道她对这些针对女人提出的问题作何感想。我不知道女人们现在是否还拥有情人。我再也不知道了。

而这位女人，这位在"伊丽莎白女王"渡轮上的女人，世界上最后的女人中的一个，她将变成什么模样？还有他？每天晚上穿着黑色紧身裙裾，黑色缎子，黑色蝉翼纱花边，头发散着，如金丝披在肩上，裙子下什么也没有穿。每天晚上他们在甲板上散步，她和他一起跳舞，这个男人，和她一样，英俊，卓尔不群，让人惊讶。想哭的感觉，当我回想及此，我就想哭，那么真实的感受。他们也看到了我，每晚都对我微笑，"Hello"，在疯狂的幸福中跳舞。对他们来说，我是一个写作的女人。对我而言，他们是英国情人，总是在船上相遇，总是滞后于时间，滞后于潮流，但是无所谓，出于矜持，极度的矜持。

《新观察家》，1985年6月14—20日

就像一场婚礼弥撒

这本书,和哪一部小说相近呢?您告诉我说:"是《劳儿之劫》。"毫无疑问。埃米莉·L不应该和劳儿·V.斯泰因相去太远。我从来没想过这一点。"差别在于,"您对我说,"在《劳儿之劫》中没有一个看故事的人物,而在另一本中,有这么一位女子,在一开始,她想写一本书,但她不知道什么时候,也不知道该怎么去写这本书,她看到了埃米莉·L的故事的发生。"但这位想写书的女子所处的境遇并没有因为那位在酒吧间只盯着地板看的女子而发生变化。那本她想写的书,和这位只盯着地面的女子毫不相干。这不是一种替代。因为她只是被另一个故事吸引了,抓住了,于是她进入了这个故事。也许她都不知道是自己编了这个故事。有些东西就是这样，是在不自觉中产生的。突然，一个故事发生了，呈现了，没有作家把它写出来，只是看见罢了。很清晰。只要稍稍调整一下就可以写作了，就可以把我们感受到的表达出来。这是很罕见的。但这样的事也会发生。当这样的时候来临，那真是美妙。有时我有一种感觉，觉得自己没有写过这本书。而是书经过我，经过我所在的地方。仿佛是我见证了它的书写。这样的事情我还从来没有经历过。

每天，伊莱娜·兰东[1]来把写好的原稿要去，让人打出来，再送来给我看。然后我又重新开始，继续已经开始的故事。这是无边无际的休憩。就像一片平原。风景有点像书最后所描写的，光线明暗不定，介于白天和黑夜之间，一丝微风也没有。它让人眼中噙满泪水，莫名地感动。我并不想去追问。也不想知道得更多。

---

[1] 伊莱娜·兰东（Irène Lindon）：出版作者这部小说的子夜出版社的编辑、负责人之一。

在书的结尾，我问自己是否应该从第二个故事着手去写。我将从埃米莉·L 的裙子开始写起，当她和海军军官跳舞的时候。一条白色的裙子，缀了蓝色绿色的花，就像印花纸一样。这是她在冬日小客厅里穿的，已经穿了四年之久了。我会描写它的料子，长篇大段地，陈旧的样子，质地，也就是人们所谓的丝麻，裙子的样式。突然，我在这条她穿了有四年的裙子上花了太多的笔墨。我不知道这是为什么。也许是因为这条裙子裹在她身上，是这条裙子和她的身子贴得最近，她的皮肤磨旧了裙子，裙子也带了她的味道，一抹英国香皂的味道。看看为什么会突然有这一反常之举？

在埃米莉·L 和怀特岛上的年轻的看守人之间是否还有什么纠葛？要是有，他们就会在马来亚的基克拉泽斯群岛待上一两年。他们将会再次离开，一旦这条裙子被描写到。他们还是会自动停止。总是平行，不能相交。或者她不知道看守人会来和她碰头？难道会不一样？自从小客厅里的那个午后，埃米莉·L的在场和不在场对她的情人、怀特岛上的年轻看守都是一样的。她来到船的甲板上，好像他正注视着她。她仿佛走神了，自从四年前的那个午后开始，就和此时此刻有些错位了。

我本想把书接下去写。但我不能。晚了，书已写就，应该重新打开，打开文本好把之后写的最后一章放进去。应该把文本切开，把甲板上与军官共舞的这一段加进去。但我不敢走得太远。不应该有非分之想。

在冬日的小客厅里，在怀特岛的苍茫中发生了一些事情，就像一场婚礼弥撒，在年轻的看守和被他称作埃米莉·L的女人之间。那个吻，谨慎而克制，强烈如地狱一般，在眼睛上、紧闭的唇上的吻，很长，她臆造的，是女人，是她给予的，这个吻使爱在他们之间永存，直至死亡。没有任何肉体的享乐、任何快感可以代替这种缺乏。就是因为这让我在想起她的时候动了深情。现在想起他也是的，像想起她时是一样的。他们通过一种近似宗教的方式结合了,永远地结合了。

埃米莉·L写诗歌,但对此从不谈及。她的愿望是写作。她的愿望,她是把它当成指令来接受的。很古老。非常,非常古老。我想把这指令与史前召唤猎人们的指令进行对照,在春天的暗夜里。我就是这样看待文学的,一种可以与史前狩猎相类比的东西。但什么都还没有写就的时候。我看到指令已如此这般而来。有一股可以让人一跃而起的力量,让他们在洛林山区走上几天几夜,等候从德国的森林里出来的雄鹿,那时,德国和德国人都还没有被命名。写作,也是这样。对鲜肉的胃口,对猎杀,对跋涉,对消耗体力的渴求。这同样也是盲目的。

我有一天说过,书的主题,总是自己。当然了。甚至这本书也一样。甚至在这本正在自动写作、作者的责任缺失的情形下写就的小说,书的主题依然是我。我正在找一本书,我找到了。当我来到那里,到了基耶伯夫（Quillebeuf），目的是忘记自己在寻找一本书。不存在外在的、自我以外的书。

我过去常常谈起，现在谈起来就更加自如了，谈那些男人们写的书。有那么一个喋喋不休的男性文学，因为过多的文化而僵化，因思想的芜杂而累赘，塞满了观念、哲学、潜在的评论的腔调，这一切都不属于写作的范畴，而完全属于别的什么，是骄傲，是老板的腔调，没有个性。多数情况下，他们是达不到诗意的境界的。他们被剥夺了诗意。男性小说，从来都不是诗，它们什么都不是，有的只是抄袭。

但你们也知道，男性文学中，也有例外。这只占文学的很小的一部分。文学，是一片广袤的大陆。这是大众的文学，是香颂，司汤达，普鲁斯特……普鲁斯特，他并不属于男性文学。他属于文学。

《新观察家》，1987 年 10 月 16—22 日

给让·威斯丁的答复

写作对您而言既是一种必需又是一种不可能。这个问题是否解释了作为结果的文本和它的所指之间的差距?

是的,写作首先是不可能的。在《埃米莉·L》中是如此,在其他书中也一样。人们并不是从脑海中的写作过渡到具体的写作。人们只是从一种脑海中的写作,一种无限的写作,"大爆炸",漩涡般的混沌,过渡到对它的翻译而已。没有经过几个小时的"翻译",是无法写作的。此外,我认为先于写作的是和写作性质不同的东西,但人们在这上面从来不会搞错,正是从这里出发,我们开始尝试"翻译"。画首先是存在于一管管的颜料中的。写作并不仅仅是一些词语，单单只有词语是不会形成混沌的。作家应该理解我在这里说的话，但却和我一样，无法说出它的名字。

在《物质生活》中您提到《埃米莉·L》时说："我从来没有喜欢哪一本书像喜欢这一本一样。"

我喜欢《埃米莉·L》。是钟爱。我谈书。我谈《埃米莉·L》。也许是因为这本书和《劳儿之劫》一样是无知的。这里和我在这些书面前的无知有关。埃米莉·L，我看见她就像看见劳儿·V.斯泰因。埃米莉·L，是我在诺曼底基耶伯夫的舞会上遇到的英国女子。劳儿·V.斯泰因是一个星期日，在我的请求下，维勒瑞夫（Villejuif）精神病院的主治医生托付给我的一位年轻病人。

表面上看，《埃米莉·L》是一部远没有《死亡的疾病》《乌发碧眼》激烈的文本，不那么"残酷"

的作品。是否真的存在某种语气的变化?

不。《埃米莉·L》比您提到的作品,《死亡的疾病》《乌发碧眼》要激烈得多。您所谓的语气的变换,我在《情人》中倒的确是有所发现,那是彻底的,但这里不是。

《埃米莉·L》中的一个重要主题,就是年老引起的衰退,这更增加了对爱的怀念。这份爱是在哪些方面改变了特点呢?

埃米莉·L的苍老并不是一种衰退,而是向自己展露的辉煌,这种光芒对逝水流年根本就没有意识。我用"辉煌"一词来描述玛德莱娜·雷诺[1]在我的戏剧《萨瓦纳湾》中强大的魅力。

---

1 玛德莱娜·雷诺(Madeleine Renaud, 1900—1994):法国电影和戏剧演员。1947年,她和她丈夫一起建立了雷诺—巴罗集团。她在《树上的日子》《伊甸影院》等杜拉斯的戏剧和电影中成功扮演了"母亲"的角色。

隐喻的死亡是一种内心的死亡，肉体的死亡——无法避免的——是来自外部的死亡。在《埃米莉·L》中两种死亡彼此接近。能否说两者间有某种联系呢？

这里没有隐喻的死亡。只要真正的死亡就在那里，切切实实的，隐喻的死亡就变得不合时宜，毫无意义了。

在《埃米莉·L》一书中，您用了很多可以上溯到《直布罗陀水手》中的主题和动机，但有一个很大的区别，就像《乌发碧眼》一样，内心故事是由一位男子经历的。年轻看守的迟钝和劳儿·V.斯泰因类似。男人和女人的问题在您看来是否是可以互换的呢？

是的，年轻的看守的问题就是劳儿·V.斯泰因的问题。我爱爱情。埃米莉·L和年轻看守就是两个斯泰因(《毁灭吧,她说》中的犹太主人公和劳儿·瓦莱里·斯泰因)。

上面这个问题影射了性别平等,这和您认为所有人在意识深处都是潜在的同性恋者的观点是一致的。这似乎就提出了在这个不可能的世界上进行斗争的某种责任。您怎么看?

同性恋的男子常常有一些奇异的举止,是那些"正常"的男子不去尝试的。这有点像是同性恋的男子有着第二种生活,某种作家才会经历的夜晚。"正常"男子写些男人的书。通常这些书充满了学识、教化,多的尤其是岁月流年中僵化固定了的思想观念体系,一些共同的经历,通常是教训和提倡他们所谓的"价值"。从事写作的女人们知道男人对女人的嫉妒依然和从前一样存在,它是令人恐惧的,时刻想着的就是扼杀。一直到十六世纪的法国,人们还把通灵的女巫烧死。那些女巫同时也是女斗士，她们向森林里的动物、树木讲述她们的爱情，她们的忧郁。这种摆脱了男性的话语是女人们最初的作品。我频繁地提到女巫，应该不惜一切代价把这些认知保存下来。

不，根本就没有普遍的平等存在，依我看，要追求的刚好相反，要在不平等中求平等。也可以这么说：不平等面前的平等，愚蠢也好，聪明也好，反常也好。人们将达到平衡的境界，那时监狱已经过时了，没有任何作用了，罪犯走在街上就和看守、大公司的经理一样，还有疯子、孩子、学者、天才。在世界末日临近的最后几年，也许大家会对这种同等的恐惧和欢乐感到心悸吧，也许到那时，幸福已改变了它的涵义，不再是这样一起等死了，现在是无法想象的。

除了对话，在《埃米莉·L》中还是有那么点儿描写，主要是对自然的描写。请问它有什么作用？

在《埃米莉·L》中的景色描写是书的初稿剩下的东西。我不知道您是否知道，当初稿完成以后，我把自己关在家里待了两周。我异常烦躁。我无法把自己和书割舍开，我的感觉就像是书还没有写完，而我又不知道如何把它写完。后来有一天，我发现埃米莉·L写诗歌。

后来我又发现自以为懂诗歌的上尉无法理解他妻子埃米莉的诗。而我最终发现，年轻的看守，他以为自己不懂，其实却是懂埃米莉的诗的。我没有重写已经写完的书。我写了一段关于焚毁的诗稿的文字，一段在埃米莉·L的别墅里遇见年轻看守的场面。我把它插到第一本书里。

我很喜欢在海员们的天地间遨游，就像《八〇年夏》里面的水、天和风，或许我喜欢这本书就像喜欢《埃米莉·L》一样。

诗歌的谜团：它们既不是写给上尉的，也不是写给年轻看守的。那么它们是为谁而作，出于何种理由?

诗歌既不是写给上尉的,也不是写给年轻看守的,要是诗歌是写给上尉的,他不会把他发现的诗烧毁。这些诗不是为任何人写的。正是因为这些诗让上尉妒火中烧。他嫉妒的是这位捉摸不透的情敌,是诗歌。因为只有诗歌才是写作。真正的小说是诗。

存在着动(旅行)和静(酒吧)的对立,无限空间和有限空间的对立在对立过程中形成了故事本身,我应该怎样理解这一现象?

不要去了解这是怎么写成的。别忘了,其实船是静止的,动的是旅行,真正的船是酒吧,只有在那里人们才会聊上几句。

很多读者并不是很快就意识到精心安排的"戏中戏"的,英国游客的故事是叙事中的叙事。它仅从酒吧游客的立场出发，重构了爱情的观念，他们相互诉说的片言只语，此外，这些言语都是打了斜体的。您对我注意到的这点有何看法？

我不会用您刚才说的词语来描述酒吧间英国人和我们之间的情形。的确，这里有某种"戏中戏"，但同样有一种花开两朵各表一枝的平衡。对我而言，发生在英国人身上的故事要压过发生在我和年轻的扬·安德烈亚[1]之间的故事，扬已经和我一起生活多年了。这是我第一次从外部看到了我们自己，但很遥远，像从一部电影、一本书里。而我们竟没有觉察，他没有，年轻的游客没有，我也没有，是我写的这本书，只有那么一次我在英国人从酒吧走了、远了的时候才察觉到这一点。我应该是在当晚明白一切的，那时我要去告诉他，写作就是自我，这很正常，因为在基耶伯夫的那晚，在整个世界上

1　扬·安德烈亚，杜拉斯晚年的生活伴侣。

我是唯一一个做这件事、写《埃米莉·L》的人。

您对世界有种恐惧,您爱男人——肯定的——因为缺了男人生活简直无法忍受。但我们注定要生存在这个世界上,那么依您看,爱情是逃离死亡——也就是说逃离围绕在我们周围的那些毁灭性的力量——而"活下去"的唯一方式。您是否认为年轻一代,未来的几代能改善"人类状况"?

说实在的,我对明天的事并不感兴趣,明天将是我们又要重新开始生活的今天。但关于这个问题我能说一点个人意见:物质的飞速进步减少了人的灵气。发生的一切就像是还有另一种有别于我们所认知的智慧存在。这种智慧没有起伏,它平整,缺乏想象力,是"定势"和安宁的智慧,永远也不会让人惊恐。这一时代或许已经开始了。

1988 年 4 月 22 日

巴黎，1992 年 1 月 26 日

今天早上在《竞赛》[1]上看到我的中国情人的照片，我真是难以置信，他叫水梨（Thuy-lê）[2]，T.H.U.Y.L.E. 间音符。我觉得他比阿诺[3]电影中的美国情人、中美混血情人不知要英俊多少。

这是一张真实的脸，非常非常近，同样也受了很大的惊吓。但很温柔。

我不想和你们谈我是怎样写作《情人》的。我本该用一种线性的叙述来写的。除非我要用非常难

1　即《巴黎竞赛画报》，法国发行量很大的周刊。
2　杜拉斯在《情人》中描写的她少女时代在湄公河渡轮上遇到的中国情人黄水梨。
3　让-雅克·阿诺（Jean-Jacques Annaud，1943— ）：法国电影导演，执导根据杜拉斯小说改编的电影《情人》。

以让人理解的方法去写。小女孩是被……偷了钱的女人的孩子。一切都很复杂。破了产的妇人,白人妇女来到那里,带着三个孩子,她是寡妇,破了产,因为地籍管理员用三倍的价格把产业卖给她,她天天以泪洗面,终于病倒了。

小女孩回到西贡的学校,遇到了那位中国男子,这并不是从一幢白色别墅出来的随便哪位小姑娘。

没有写作就没有电影,也就是说没有哪一个形象不是由写作而来。它总是先从笔下产生的。试着在拍一部关于一条街、街上行人的电影,不用一句话,这你能做到,但当你跳到另一条街上,你却不能应付自如了。

写作,就是用很多的方法去写,是……把一切置入游戏。在《华北情人》[1]中,街道每时每刻

---

[1] 作者发表于1991年的小说,也译作《来自中国北方的情人》。

都是热闹的。有中国情人,有小女孩,还有其他的中国人,其他汽车,别的什么,季风、雨、舞、歌……这一切构成了电影……我想拍的电影,最后我没有拍,我想写作,就是写作。完全不是去描写。

我对自己的电影书写有记忆,却从来不记得我导演过它们。

记得德菲因·塞里格朝钢琴走去,穿着领口开得很低的晚礼服,她听着曲子,不说话,她只是听着。还有,他叫什么,小德国人,马修在等着她,是的,他叫马修·卡里埃尔,是年轻的参赞。

于是,像是由一股不属于我的力量导演的。我之所以说是一股力量,是因为那一刻的感受非常非常剧烈,神秘,我都不知道为什么会如此剧烈。每次我在脑海中重现这一影像,我想到了死亡,德菲因的。最终,这是另一种电影。心理分析被赶出了我的电影,彻底地。延续的念头彻底……或许毋宁说是逃逸的念头，而不是延续，完全不是，彻底地被赶走了。这让电影成为电影……神圣的，一些……怎么称呼呢，受人膜拜的电影。

我不喜欢太显山露水的电影，有太多的噪音，把静谧统统打破的电影。

喧闹的电影，商业电影还有电视电影，扼杀了电影。

我已有一年没去电影院了。自从那部关于……爱尔兰人的电影之后，爱尔兰人，休斯顿拍的，我在电影里什么也没看到，直到结尾……在电影里。在休斯顿的疯狂中，休斯顿电影的疯狂中，所有的电影的东西都被毁了。

电影创作是自成一派的，这一点我长时间以来都不相信。当我开始拍电影的时候，我信了。而当我面对这样的电影，休斯顿的……

这是人们的一次聚会，都柏林人，都柏林的居民。他们在那里已经很久了,他们聊天,他们的年纪都在 60—70 岁,55 岁,70 岁左右。他们聊他们的生活,他们的过去……城里发生的事情……后来我也不知道是什么。非常芜杂,他们聊呀,聊呀。我们待在那里,听着,却什么都没有听进去。最后他们说,到了该走的时间了,他们排成队离开,很文明,静悄悄地。突然楼梯的中间有歌声响起,女人的歌声,神奇,悠扬,盖过了一切。但没有任何解释,什么也没有。电影在歌声中结束。或许这种生活制造的,人们讲述的,就是声音。

  太巧妙了,太令人钦佩了,这……从那以后我没有看过任何电影。

《艺术》,1992 年

特鲁维尔，1992 年 10 月 2 日

我的第一部电影是《音乐》(La Musica)。故事已经写好了，只要把它拍出来就行了。我之所以产生了拍电影的念头，是因为那些根据我的小说拍成的电影，简直让我无法忍受。所有的电影，真的，都背叛了我写的小说，而将它推向我根本就想象不到的地步。最离谱的背叛是勒内·克莱芒[1]拍的《抵挡太平洋的堤坝》。在书的结尾，母亲死后，我哥哥约瑟夫把所有的土地都分给了农民，同时还给了他们长枪和平房。而在克莱芒的电影中，哥哥不仅什么都没有给，还"重新开始"堤坝的修建。对我来说，这种蠢事我永远都无法忍受。于是

---

[1] 勒内·克莱芒（René Clément，1913—1996）：法国电影导演，执导过《相逢》《酒店》等影片。

我拍电影。就是如此。拍《音乐》的时候，电视导演保尔·色邦[1]来协助我，他指点我应该怎样去做。我很快就会了，于是我开始拍。罗贝尔·侯赛因[2]嚷嚷说他不能忍受一个"女人"的指挥。但德菲因·塞里格很高兴。我拍摄了这部电影，我很喜欢它，喜欢黑白片中的德菲因。她正是我理想中的人选，在《印度之歌》中，她和安娜-玛丽·斯特雷泰尔一样光彩照人。对我而言，她是电影的皇后，在那里，德菲因，她是要让人惊叫，她死了，我还不能相信，无以慰藉。要是我重拍电影，这种死亡还会占据我的心灵，就像是女艺人的无限，她的身体，还有这让人震撼的真实。

《印度之歌》在塞纳河电影院上映了五年。我在街上和一些年轻人擦肩而过，他们轻轻地哼唱着卡尔罗·达莱西奥的探戈舞曲。拍了四天以后，德

---

[1] 保尔·色邦（Paul Seban，1929—2020）：法国导演，和杜拉斯一起执导了《音乐》。
[2] 罗贝尔·侯赛因（Robert Hossein，1927—2020）：法国演员、电影导演。

菲因悄悄地对我说："我相信我们正在拍一部很好的影片。"

那就像一个节日。《印度之歌》，对我们大家都是如此。从来没有一丁点的摩擦，罗斯柴尔德公园的天空万里无云。老挝的女歌手一直唱着歌，伴着每一个镜头，唱着老挝乞丐的小曲儿。而我们，我们哭了。

这一节日在《在荒凉的加尔各答她名叫威尼斯》一片中又重现了。

在这以后，我就不怎么知道自己干了些什么了。

我所知道的，就是我拍了十九部电影，四部短片，它们的题目是：《塞扎蕾》《奥蕾莉亚·斯坦纳，墨尔本》《奥蕾莉亚·斯坦纳，温哥华》《否决的手》。

很多人把这些短片看作非常重要的电影（政治意义上，每部都是）。我同意这种观点。我是在几天的时间里和皮埃尔·洛姆[1]一起拍的。它们是亨利·夏皮埃[2]以巴黎城的名义让我拍的。还有两部小短片我应该拍但还没有拍。它们的题目将是《奥蕾莉亚·斯坦纳,巴黎》和《破碎的荨麻》。这两篇文章收在《痛苦》的后面。在另一本书《旅店的最后一名顾客》中也收录了。地点将在香波堡的花园,夜里,空旷,黯淡,有泉水,有道路车马声音和远处卢瓦河的水声。我不想再拍故事、拍小说了,但会拍一些偶然的小文章,也许是政治的,也许是偶然的,是我的偶然。

《玛格丽特·杜拉斯》,玛佐塔出版社,

法国影片资料馆,1992 年

---

[1] 皮埃尔·洛姆(Pierre Lhomme,1930—2019):法国电影导演。
[2] 亨利·夏皮埃(Henri Chapier,1931—2019):法国记者、导演、演员。

她写了我

她是个女人。

她名叫克里斯蒂安娜·布洛-拉巴雷尔[1]。

她是尼斯大学教授。她住在蒙特卡洛。

她阅读。她写作。

她写了我。她把我曾经说过、写过的东西又重新理了一遍,那些东西,常常因为日子久了,我自己都认不出来了。

我忘记了。

这很难说是何感受,但肯定是很特别的,突

---

[1] 克里斯蒂安娜·布洛-拉巴雷尔(Christiane Blot-Labarrère):法国女作家,尼斯大学教授,本书的辑录者,也是《杜拉斯传》(漓江版)的作者。

然，重新发现了一个句子，作者竟然是你自己。

当她引用我的话的时候，墨迹已变了。克里斯蒂安娜·布洛-拉巴雷尔说那个句子，她教我那句话，把它送给我。我呢，我已经淡忘了。

很长一段时间，现在还一样，传记把作家们重新带到可能的阅读区域，耕耘的区域，整洁，修正过的——而"精神上"的桂冠应该是龚古尔奖。

当作者是来自暹罗的稻田、森林和山野时，这是不可能的。

克里斯蒂安娜·布洛-拉巴雷尔，她将她快乐的时光留给作家。她读了作品。她一读再读，之后把它们抽出来，让别人去阅读。让我，作者，读我自己写过的东西。

去年夏天我们在特鲁维尔遇到了，我们认出了对方。她非常美丽。笑盈盈的。她有三个儿子。她教她所喜爱的文学。她四处游走，她还年轻，她丈夫也一样。

有克里斯蒂安娜·布洛-拉巴雷尔存在真是妙极了,她谈写作,她告诉我,写作是我在暹罗森林里遇到的。她这么说的时候,我相信,那些死亡、光明、贫困和我孩提时的森林,还有那位女乞丐的森林,现在由那个叫布洛-拉巴雷尔的女人来写了。

《杜拉斯》

"当代人"丛书,瑟伊出版社,1993年

我不怕……

我不怕，不怕任何事，什么都不怕，不怕物，不怕神，不怕这些地方和这些广袤。但当是你的时候。当是你沿着墙、玻璃、大海走，摄影机跟着你，又离开你，为了换一个镜头再捕捉到你，总是灰色的水边、沙子、风中的飞鸟，独自一人关在芒什海峡旅店大厅冰冷的洞窟里，没有我，我害怕。

给《大西洋人》，1981 年

附　录

杜拉斯生平和创作年表

1914年4月4日	玛格丽特·多纳迪厄生于交趾支那（现为越南南部）嘉定市。她父亲是数学教师，母亲是当地小学的教师。她有两个哥哥。
1921年	她父亲去世。
1924年	她住在金边、永隆、沙沥。她母亲在波雷诺（柬埔寨）买了一块不能耕种的土地。
1930年	她移居西贡。住在利奥泰寄宿学校。在夏斯卢-洛巴公立中学读书。
1932年	参加中学毕业会考后，她最终回到

	法国。住在巴黎。
1933 年	学习数学、法律、政治学。
1937 年	她在殖民地部任职。
1939 年	她同罗贝尔·昂泰尔姆结婚。
1940—1942 年	她同菲利普·罗克合作,在伽利玛出版社出版《法兰西帝国》。在书业俱乐部工作。《塔纳朗一家》遭到伽利玛出版社的拒绝。
	她第一个孩子夭亡。她的小哥哥在中国抗日战争期间去世。同迪奥尼斯·马斯科洛相识。
1943 年	她用玛格丽特·杜拉斯的笔名发表《无耻之徒》。住在巴黎第六区圣伯努瓦街 5 号。
	经常去看望 J. 热内、G. 巴塔耶、H. 米肖、M. 梅洛-庞蒂、R. 莱博维茨、E. 莫兰等人。
	同 R. 昂泰尔姆和 D. 马斯科洛一起

	参加全国战俘运动（该组织后改名为全国战俘及被放逐者运动）。参加莫尔朗（即弗朗索瓦·密特朗）领导的抵抗运动的活动。
1944 年	R. 昂泰尔姆被捕并被先后送到布痕瓦尔德和达豪集中营（参见《痛苦》）。她加入法国共产党，任维斯孔蒂街党支部书记。发表《平静的生活》。
1945 年	R. 昂泰尔姆回来。她住在圣伯努瓦街，同罗贝尔·昂泰尔姆、迪奥尼斯·马斯科洛生活在一起，和她经常相聚的有 G. 马蒂内、J.-T. 德桑蒂、E. 维托里尼和 G. 维托里尼、J.-F. 罗朗、C. 马尔罗、J. 迪维尼奥和 C. 鲁瓦。
	同 R. 昂泰尔姆一起成立众城出版社，于 1946 年出版埃德加·莫兰的

	《德意志零年》以及 D. 马斯科洛介绍的《圣茹斯特作品集》，1947 年出版 R. 昂泰尔姆的《人类》。
1946 年	她夏天在意大利。同 R. 昂泰尔姆离婚。
1947 年	她的儿子让·马斯科洛出生。
1950 年	她发表《抵挡太平洋的堤坝》。被开除出法国共产党。
1952 年	发表《直布罗陀水手》。
1953 年	发表《塔尔奎尼亚的小马》。
1954 年	发表《树上的岁月》(也译为《成天上树的日子》)。
1955 年	发表第一部剧作《广场》。
1957 年	同 D. 马斯科洛分居。
1958 年	发表《琴声如诉》。她从 1955 年起反对继续进行阿尔及利亚战争，后又反对戴高乐政权。为各种周刊和杂志撰稿 (参见《外面的世界 II》)。

1959 年	为阿兰·雷乃写《广岛之恋》电影剧本。1960 年当选为美第奇奖评委，但于几年后辞职。"如果存在一个否定的评委会，我就参加。" 在 D. 马斯科洛和 J. 舒斯特主编的杂志《七月十四日》上发表文章。 经常去看望 M. 布朗肖。
1961 年	她为亨利·科尔皮的影片写剧本《长别离》。这个电影剧本是同 1963 年美第奇文学奖获得者热拉尔·雅尔洛合作的结果（参见《物质生活》中的《说谎的男人》）。住在巴黎和诺弗勒城堡，她在诺弗勒城堡有一幢房子。
1962 年	发表《昂代玛斯先生的午后》。
1964 年	发表《劳儿之劫》。
1965 年	发表《副领事》。
1966 年	同保罗·色邦一起导演《音乐》。

1968 年	参加"五月风暴"的活动。
1969 年	她把《毁灭吧,她说》拍成影片。
1970 年	发表《阿邦、萨芭娜、大卫》。
1971—1976 年	发表《爱》。根据《阿邦、萨芭娜、大卫》拍摄影片《太阳,黄色的》,然后依次拍摄《纳塔莉·格朗热》《恒河女子》《巴克斯泰尔》《薇拉·巴克斯泰尔》和《在荒凉的加尔各答她名叫威尼斯》。她住在特鲁维尔的黑岩旅馆里,还住在巴黎和诺弗勒堡。
1975 年	《印度之歌》在戛纳电影节上获艺术和实验电影奖。1976 年,《树上的日子》获让·科克多奖。
1977 年	发表《卡车》。她定期拍摄影片,并发表根据影片改编的作品。
1978—1980 年	拍摄《夜舟》《塞扎蕾》《否决之手》和《奥莱莉娅·斯坦纳》。

1981 年	去加拿大旅行,在蒙特利尔举行一系列记者招待会,在美国、意大利旅行,写出《罗马对话》。发表《外面的世界 II》。
1982 年	在讷伊的美国医院进行戒酒治疗(参见扬·安德烈亚的《玛·杜》)。发表《死亡的疾病》。
1984 年	《情人》获龚古尔奖。
1985 年	发表《痛苦》。7 月 17 日在《解放报》上发表一篇文章,玛格丽特·杜拉斯在"维尔曼案件"中所持的立场引起一部分读者的反感和好几位女权主义者的论战。拍摄影片《孩子们》。
1986 年	《情人》获巴黎-里茨-海明威奖。上演《乌发碧眼》。
1987 年	发表《埃米莉·L》和《物质生活》。
1988—1989 年	重度昏迷。住院。

1990 年	发表《夏雨》。R. 昂泰尔姆去世。
1991 年	发表《来自中国北方的情人》。
1993 年	发表《写作》。
1996 年	3 月 3 日玛格丽特·杜拉斯辞世。

代译后记
从异地到他乡——杜拉斯印象

黄荭

1997年本科毕业的那个暑假,我一直待在"火炉"南京,成天窝在逼仄的女生宿舍,两台小风扇,一台扇电脑,一台扇我,只为赶着翻译杜拉斯的随笔集《外面的世界Ⅱ》。真的流了很多汗,天热是其一,心虚是其次,没有旁骛的日子,我的世界只有杜拉斯、电脑、茶和窗外纠结的蝉鸣。

我并不喜欢杜拉斯,因为她太嚣张、太爱议论、太自以为是,用儒家的话说,就是她太"过"了。尤其是看过让-雅克·阿诺拍摄的《情人》,越发让我有"多了点什么,少了点什么"的感受。我不知道如此专注于自我(《抵挡太平洋的堤坝》《伊甸影院》《情人》《中国北方的情人》《扬·安德烈亚·斯坦纳》等描述的都是她的自我世界,站在水边，贪恋自己水中的倒影）的作家，她眼中还有外面的世界？我对她更多的只是好奇，于是好奇让我接下了十几万字的翻译，还有夏天一额头的痱子。

之后做关于她的论文，四处收集她的小说、戏剧和电影剧本，在杜拉斯走红国内书市的时候有心无心地赶了一个时髦。杜拉斯是个多产作家，八十二年里（1914—1996）写了六十多本书（包括小说、戏剧、散文、电影剧本），拍摄了十九部电影（包括四部短片），谈来谈去谈得最多的还是她自己。法国另一当代女作家艾伦娜·西苏这样说过："对我而言，写作的故事一如生活的故事，似乎总是首先始于地狱，最初是始于自我（ego）的地狱，始于我们内在的原始而悠远的混沌，始于我们年轻时曾与之搏斗过的黑暗力量，我们也正是从那里长大成人。"在杜拉斯身上也一样，"她即文本"。

1914 年 4 月 4 日（这样的日子，在江南，很容易让人联想到"死"),杜拉斯出生在印度支那的嘉定,幼年丧父,不受母亲的宠爱,和小哥哥一起成长的寂寞童年没有色彩;之后有了湄公河上的渡轮和来自中国北方的情人,昏暗的格子间和失意的爱情。十八岁那年,杜拉斯回到法国,因为故事一开始在印度支那就不完整了,所以杜拉斯只能是特别的,有一种残缺的美,让人心痛。无法把整颗心包裹好交给丈夫收藏,杜拉斯和丈夫的好友生了儿子让·马斯科洛。她的故事里有的都是"情人",只是情人。1975年《印度之歌》在冈城上映,观众见面会上,一位年轻的大学生给六十二岁的女作家递上一本《毁灭吧,她说》。五年以后,这位比作家小了三十八岁的大学生走进了杜拉斯的生活,从此再没有离开,这就是扬·安德烈亚,和她一起唱"玫瑰人生",一起疯狂,一起吸烟,一起酗酒的最后的情人。怎么计算失去的,得到的,爱恨情愁,试问哪一滴眼泪是为别人,哪一滴眼泪又是为自己?"我无缘无故地哭,我对您说不出理由,就像有一种痛苦穿过我的全身,总需要有个人哭才行,那就是我。"(见《副领事》)杜拉斯的魅力或许就在这里,现代文明压抑得我们"哭不出来",而她将堤坝推倒,让如潮水般涌来的心事宣泄在他人的面前。

　　行过了一个世纪,杜拉斯一直寻找的或许就是自己的归属罢,她的根在哪里?她最后都没有找到。印度支那和法国皆非故乡,她不属于任何地方,她只是从异地到他乡,就算买了几处舒适的房子,心灵依然无法栖息,永远在那艘岁月的渡轮上,不能靠岸。承受太多,日后所有的故事都带着最初故事的烙印,从一个故事到另一个故事,永远都无法摆脱那一份痛苦和忧伤,因为当年失落在西贡的爱情再也没能拾捡回来,点点滴滴都只是旧日的痕迹,清晰也罢,模糊也罢。"内心的影子"纠缠着她,加尔各达是荒凉的,早晨的巴黎是荒凉的,世界是荒凉的,所以杜拉斯绝望。

爱如此，生活如此，写作也如此。

手举一杯暗红色的波尔多红葡萄酒，世界于是倒映在里面，酣醉了，印度支那和法国重叠在一起，记忆之门洞开，话语像流水一般，只是多了一份酒的热度和疯狂。"我在酒精中写作"，杜拉斯在《物质世界》中坦白地承认道。是酒精催化了作家的欲望和灵感，激发了话语的自由和从容。正是在某个苍凉的夜晚，酒过三巡，而睡意迟迟不来，她于是开始了《情人》的写作，开始在烟灰和绝望中描绘"恶之花"的美丽。

在1984年《情人》获龚古尔奖之前，她常常在寂寞中写作、导演和生活，但杜拉斯就是杜拉斯，她要别人注意，于是所有的文学、电影，甚至社会新闻最终都无法忽视她：名声、出版和流言。就是皮肤老得和树皮一样了，她还会在孱弱的肩膀搭上大红色的披肩，手上戴几个抢眼的戒指，或独自，或依偎着比儿子还年轻的最后的情人走在日落的沙滩。是的，她就是那种敢为天下先也想为天下

先、能为天下先的女人,她不怕:

"我不怕,不怕任何事,什么都不怕,不怕物,不怕神,不怕这些地方和这些广袤。但当是你的时候。当是你沿着墙、玻璃、大海走,摄像机跟着你,又离开你,为了换一个镜头再次捕捉到你,总是灰色的水边、沙子、风中的飞鸟,独自一人关在芒什海峡旅店大厅冰冷的洞窟里,没有我,我害怕"。

现在她再也不用害怕了,什么都碰触不到她,永远与否都不重要了。最后的情人扬·安德烈亚在去年出版的《杜拉斯,我的爱》中这样写道:"她一百岁。她一千岁。她也是十五岁半,等湄公河上的渡轮,中国人漂亮的汽车要载她穿过西贡的稻田……"的确,看过,写过,爱过,也就足够了。

2000 年,南园

又及：

《从异地到他乡》写于 2000 年底，当时是《图书超市》的一个编辑约的稿。那份杂志才出了创刊号就销声匿迹了，因为什么，我不知道。只是偶尔在书橱里翻到那一期，总感到沾了一手岁月的蛛网，仿佛一个冬季的诺言，而春天一直都没有如约而来……

而杜拉斯的春天似乎一直都在盛开，传奇、声名和词语的色彩。多年前读杜拉斯、翻译杜拉斯的我多少有些雾里看花；今天再看，那花已真切了许多，是不知不觉中雾慢慢散尽了，还是我在杜拉斯的文本森林里渐渐找到了属于我的那道灰色阳光？

《外面的世界》是世界映射在杜拉斯眼中的样子，不仅仅是，因为在她眼中，读者不时也能窥视到作家的内心深处，黑暗又明亮，茂盛又荒凉……

2006 年，陶园

补记：

距离 1997 年我翻译《外面的世界 II》已经整整过去了四分之一个世纪，而这本书的翻译仿佛成了一种宿命，从此杜拉斯走进了我的世界，再没有离去。在这二十五年里，我写关于她的文章，翻译她的书、她的传记、她的访谈录……我做关于她的讲座，组织她的作品朗诵会，参加关于她的国内外学术研讨会和文学交流会……慢慢地，她成了我的一个标签。

有一种爱叫日久生情，我对杜拉斯，就是这种感情。

重读《外面的世界 II》比我预想得要慢很多，因为在一样的炎夏、一样的闷热和蝉鸣声里，我穿越了杜拉斯的文字，还有我自己的四分之一个世纪。

2022 年 7 月，和园